Atos humanos

Han Kang

Atos humanos

tradução
Ji Yun Kim

todavia

1.
Passarinho

Parece que vai chover.

Murmuras alto.

O que faremos se chover forte?

Observas as nogueiras em frente ao Docheong* com os olhos semicerrados. Como se, por entre os galhos oscilantes, pudesse se divisar a forma do vento. Como se as gotas da chuva que estavam se escondendo no ar fossem saltar e brilhar no vazio como gemas cristalinas. Experimentas abrir mais os olhos. O contorno das árvores parece mais esfumado que há pouco, com os olhos semicerrados. Será que terei que usar óculos um dia? Veio-te à mente o rosto amuado do teu irmão do meio, com os óculos de armação quadrada de plástico marrom, e logo se dissipou entre os sons de gritos e de aplausos que vêm da fonte. Teu irmão disse que no verão os óculos escorregavam do nariz e, no inverno, sempre que entrava em lugares fechados, não conseguia enxergar, porque as lentes ficavam embaçadas. Será que dá para fazer a visão não piorar para se evitar os óculos?

Obedece enquanto estou falando com calma. Volta logo para casa.

Balanças a cabeça para esquecer a voz brava do teu irmão do meio. A voz vigorosa da jovem mulher que segura o microfone chega vibrando. Da escada de entrada do

---

* Prédio do governo provincial, o ponto histórico do movimento pró-democracia de 18 de maio. [Esta e as demais notas são da tradutora.]

5

Sangmuguan,* onde estás sentado, não se vê a fonte. Para poderes ver a cerimônia de homenagem ao menos de longe, tens que sair do prédio pelo teu lado direito. Em vez de fazer isso, prestas atenção na voz da mulher.

"Pessoal, os nossos amados cidadãos que estavam sendo consagrados no Hospital da Cruz Vermelha estão vindo para cá." Por iniciativa da mulher, começa-se o *Aegukga*.** As vozes de milhares de pessoas se sobrepõem umas às outras como um pagode*** de milhares de metros e encobrem a voz da mulher. Tu também cantas, baixinho, seguindo aquela toada que sobe pesadamente e desce, resoluta, arrastando-se até o clímax.

"Quantos, no total, serão os mortos transferidos do Hospital da Cruz Vermelha hoje?" Quando, de manhã, fizeste essa pergunta, Jinsoo respondeu lacônico: "Serão mais ou menos trinta". Enquanto o refrão daquela canção pesada se acumula como um pagode comprido e desce, arrastando-se, trinta caixões serão descarregados do caminhão, um a um. Serão postos ao lado dos vinte oito caixões que, de manhã, carregaste, junto com os meninos mais velhos, do Sangmuguan até a fonte.

Dos oitenta e três caixões que estão no Sangmuguan, vinte e seis não tinham passado pela cerimônia de homenagem coletiva, mas chegaram a vinte e oito, pois ontem à noite apareceram duas famílias, identificaram os cadáveres e os colocaram apressadamente no caixão. Escreveste o nome deles e o número dos caixões no livro, acrescentando, entre parênteses, "cerimônia de homenagem coletiva 3". Pois Jinsoo havia pedido que os deixasses bem registrados para não enviar o mesmo caixão de novo para a próxima cerimônia de homenagem.

---

* Auditório, ao lado do Docheong, que foi usado para abrigar os cadáveres das vítimas do 18 de maio.   ** O hino nacional da Coreia do Sul.   *** Designação genérica, extensiva a templos asiáticos de diferentes cultos (sobretudo budistas e hinduístas), em geral em forma de torre, com vários andares, cada qual ladeado por beirais de pontas recurvas.

Tu também querias participar da cerimônia dessa vez, mas ele te mandou ficar no Sangmuguan.

"Talvez apareça alguém nesse meio-tempo. Fique aqui, velando-os."

Todos os colegas mais velhos que trabalhavam contigo foram à cerimônia de homenagem. Os familiares dos defuntos, que passaram várias noites sem dormir em frente aos caixões, seguiram-nos como espantalhos recheados de areia ou pano, com laço preto no lado esquerdo do peito. Eunsuk, que ficara para trás, quando disseste que estava tudo bem, sorriu, mostrando levemente os dentes. Aqueles dentes tortos faziam com que a expressão dela tivesse algo de brincalhão, mesmo quando, por pena, sorria de modo embaraçado ou forçado. "Então... Já volto, vou ver só o comecinho."

Deixado ali sozinho, sentaste na escada de entrada do Sangmuguan. Colocaste sobre os joelhos o livro com capa e contracapa de papelão preto. Sentias o frio da escada de cimento através da calça de ginástica azul-clara. Abotoaste completamente o uniforme da escola, que vestias sobre o de ginástica, cruzando firmemente os braços.

Rios e montanhas esplêndidos cheios de hibiscos-da-síria.

Paras de cantar e, repetindo "rios e montanhas esplêndidos...", lembras do símbolo para a sílaba *ryeo*, "esplêndido", que viste na aula de ideograma chinês. É um ideograma que não tens certeza como se escreve e que tem particularmente muitos traços. Significa a "natureza cujas flores são lindas" ou a "natureza linda como flores"? No quintal, as malváceas que no verão cresciam mais altas que tu se sobrepõem aos ideogramas. Talos compridos e retos dos quais brotam, indiferentes, cachos de flores como pedacinhos de pano branco. Querendo lembrar bem, fechas os olhos. Abre-os um pouco, e as nogueiras em frente ao Docheong continuam a balançar ao vento. Ainda não saltou nenhuma gota de chuva por entre o vento.

Mesmo tendo terminado o *Aegukga*, parece que a organização dos caixões não acabou. Ouvem-se vagamente os gritos de alguém entre o murmúrio da massa. Não sei se é para ganhar tempo, mas a mulher com o microfone sugere que, dessa vez, todos cantem o *Arirang*.*

O amor que foi embora sem mim
Terá dor nos pés antes de andar uma légua.

Após os choros diminuírem, a mulher fala:
"Vamos orar silenciosamente pelos que se foram."
No momento em que o murmúrio de milhares de pessoas cessa, tu te surpreendes com o repentino silêncio ao redor. Em vez de orar em silêncio junto com eles, tu te levantas. Enfias o livro embaixo do braço e sobes as escadas em direção à porta de entrada do Sangmuguan, que havias deixado aberta. Pegas a máscara cirúrgica do bolso e a vestes.
Acender velas não adianta nada.
Aguentando o cheiro, entras no auditório. Dentro, parece noite, porque o dia está nublado. Ao lado da entrada, os caixões que já passaram pela cerimônia de homenagem são reunidos de maneira ordenada, e os corpos das trinta e duas pessoas que ainda não puderam ser colocados em caixões, porque suas famílias ainda não chegaram, estão dispostos sob a grande janela, cobertos por panos de algodão branco.
Entras e caminhas até o fundo do auditório. Olhas para as compridas formas dos sete corpos deixados no canto. Estão

---

* Canção folclórica da Coreia, considerada hino não oficial da nação por representar, de forma romantizada, aspectos da cultura tradicional.

cobertos até o topo da cabeça com panos de algodão branco, e são revelados apenas para as pessoas que estão procurando alguma jovem mulher ou criança. Pois as formas são cruéis demais. Entre eles, o estado do corpo que está no canto, ao fundo, é o pior. Quando a viste pela primeira vez, ela era uma mulher pequena, com mais ou menos vinte anos, e agora o volume do corpo chegara ao tamanho de um homem adulto, devido à decomposição. Cada vez que o descobres e o mostras às pessoas que estão à procura de uma filha ou irmã mais nova, ficas surpreso com a velocidade da decomposição. Há na fronte dela, no olho esquerdo, na maçã do rosto e no queixo, no lado esquerdo do peito despido e no flanco, sinais de múltiplas punhaladas desferidas com uma grande espada. A parte direita do crânio parece ter sido golpeada por um cassetete e está afundada, podendo-se ver o cérebro. Aquelas feridas mais visíveis foram as primeiras a apodrecer. Em seguida, as contusões da parte superior do corpo também começaram a se decompor. Os dedos dos pés, cujas unhas estavam pintadas de cor transparente, estavam limpos e sem feridas externas, mas com o tempo engrossaram e enegreceram como pedaços de gengibre. A saia plissada com estampa de bolinha, que lhe cobria inteiramente os joelhos, agora não os cobre, inchados.

Voltas para a entrada. Pegas velas novas na caixa deixada sob a mesa e retornas para junto do corpo do canto. Inclinas o pavio de algodão da vela nova em direção à chama da gasta, que queima bruxuleante ao lado da cabeça. Quando a vela nova é acesa, apagas a gasta com um sopro, removendo-a do vidro com cuidado para não te queimar, e a substituis pela nova.

Estás com o torso inclinado, com a vela gasta ainda quente na mão. Aguentando o cheiro de cadáver, de fazer sangrar o nariz, contemplas a chama da vela. A parte externa e quase transparente da chama, que dizem ser capaz de inibir cheiros, arde tremeluzente. A parte interna, laranja, vacila calorosamente, como se quisesse encantar os olhos. No interior, vês oscilar o núcleo azulado da chama, em forma de um pequeno coração ou de uma semente de maçã.

Por não aguentar mais o cheiro, levantas o torso. Olhas o entorno escurecido, e as velas, vacilantes junto às cabeças, parecem te observar como calmas pupilas.

Quando o corpo morre, pensas de repente, para onde será que a alma vai? Quanto tempo será que fica ao lado do corpo?

Ao observar com atenção para ver se há mais velas para trocar, caminhas em direção à entrada.

Quando uma pessoa viva contempla uma pessoa morta, será que a alma do morto não contempla também o seu próprio rosto ao lado do vivo? Logo antes de sair do auditório, tu te viras e olhas. Não há almas em nenhum lugar. Há apenas os corpos deitados em silêncio e o miasma pungente.

A princípio, aqueles corpos estavam deitados no corredor da Sala de Serviço de Petição Civil do Docheong, não no Sangmuguan. Observaste, com os olhos vagos, que uma menina mais velha, vestindo o uniforme de verão de gola larga do colégio Speer, acompanhada de outra menina com mais ou menos a mesma idade, limpava o rosto manchado de sangue dos cadáveres com uma toalha molhada e, com força, tentava esticar os braços de modo a ficarem estirados ao lado do corpo.

"Por que está aqui?"

A menina mais velha de uniforme escolar levantou o rosto e te perguntou, baixando a máscara cirúrgica até o queixo.

Os olhos levemente salientes eram redondos e graciosos, e o cabelo, amarrado em duas tranças, era de fios muito finos e encaracolados. Os fios, molhados de suor, estavam grudados nas têmporas e na testa.

"Estou procurando um amigo."

Respondeste baixando a mão que cobria o nariz por causa do fedor de sangue.

"Combinaram de se encontrar aqui?"

"Não, ele deve estar entre aquelas pessoas..."

"Então, dá uma olhada."

Olhaste, um a um, o rosto e o corpo dos cerca de vinte cadáveres alinhados ao longo do corredor. Tinhas que olhar com cuidado para conferir, mas piscaste diversas vezes, pois era difícil fixar os olhos por muito tempo.

"Não está aqui?"

Perguntou, esticando as costas, uma menina mais velha, vestindo uma camisa verde-clara com mangas dobradas até o cotovelo. Pensaste que ela era da mesma idade que a menina de uniforme escolar. Mas, tendo ela abaixado a máscara cirúrgica, seu rosto parecia ter vinte e poucos anos. A pele amarelenta e pálida e o pescoço fino faziam-na parecer um pouco fraca. Porém seu olhar era firme. Sua voz, clara.

"Não está."

"Já foi aos necrotérios do Hospital Universitário de Jeonnam e do Hospital da Cruz Vermelha?"

"Sim."

"Por que é você que o está procurando, e não os pais dele?"

"Meu amigo só tem pai, que trabalha em Daejeon, e ele mora num puxadinho da minha casa junto com a irmã mais velha."

"As ligações interurbanas não estão funcionando hoje também, né?"

"Não, tentei várias vezes."

"E a irmã do seu amigo?"

"É que ela não voltou desde domingo, e nós dois estávamos procurando por ela. Mas um vizinho falou que o viu apanhar quando os soldados atiraram ontem aqui na frente."

A menina de uniforme escolar meteu-se na conversa sem levantar o rosto.

"Será que não está internado porque foi ferido?"

Balançaste a cabeça em resposta.

"Se fosse assim, ele teria achado alguma maneira de ligar. Ele sabe que nossa família ficaria preocupada."

A menina de camisa verde-clara falou:

"Então venha aqui mais alguns dias. Dizem que, a partir de agora, todos os cadáveres virão para cá. Falaram que não tem lugar nos necrotérios dos hospitais porque há muitos mortos."

A menina de uniforme limpou com uma toalha molhada o rosto de um jovem com a úvula vermelha exposta devido a um corte causado por baioneta. Com a palma da mão, fechou com força os dois olhos arregalados, enxaguou a toalha na água do balde de lata e a torceu com firmeza. A água com sangue respingou para fora do balde. Levantando-se com o balde, a menina de camisa verde-clara falou:

"Se tiver tempo, poderia nos ajudar, só hoje? Faltam mãos aqui. Não é algo difícil... É só cortar aquele tecido e cobrir os corpos que estão ali. E quando alguém vier procurar um parente, como você, basta mostrá-los, erguendo o pano de cada um. Os rostos estão muito feridos, então é necessário olhar o corpo e a roupa para fazer a identificação."

A partir daquele dia passaste a fazer parte da equipe delas. Eunsuk era aluna do terceiro ano do colégio Speer, como tinhas imaginado. Sunjoo, a de camisa verde-clara com as mangas dobradas, era costureira de uma alfaiataria que fica na Chungjangro, mas disse que perdera o trabalho de repente porque o casal de proprietários fugiu para a casa de um parente, que fica em Youngam, levando o filho universitário. Ambas disseram que foram ao Hospital Universitário de Jeonnam por terem ouvido, através de uma transmissão de rua, que as pessoas estavam morrendo por falta de sangue, e vieram ao Docheong por terem sabido que estavam precisando de mãos, e assim, na confusão do momento, acabaram assumindo os cadáveres.

Eras o aluno que sempre sentava na primeira fila na sala de aula, onde as carteiras eram distribuídas por ordem de altura. Desde aquele março em que entraste no terceiro ano do ensino secundário,* no começo da puberdade, tua voz ficou um pouco mais grave e cresceste bastante, mas não tanto para a tua idade. Jinsoo, que veio da sala de situação, te perguntou, surpreso, quando te viu pela primeira vez:

"Você não é do primeiro ano? O trabalho aqui é duro, volte para casa."

Tu respondeste a Jinsoo, que era bonitinho como uma menina, com os olhos de pálpebra ocidental profunda e de cílios longos, que estudava em Seul e que viera para cá por causa da ordem de fechamento da escola:

"Não, estou no último ano. Não será duro para mim."

Era verdade. O trabalho não era duro. Sunjoo e Eunsuk estendiam um plástico sobre a madeira compensada ou a tábua de isopor antes de deitar os corpos sobre ela. Depois de lavar o rosto e o pescoço com a toalha molhada e pentear o cabelo desalinhado, enrolavam os corpos com o plástico para bloquear o cheiro. Enquanto isso, registravas no livro o gênero deles, a suposta idade, a roupa e o tipo de sapato, identificando-os com números. Depois que escrevias o mesmo número no papel-jornal, fixando-o com alfinete no peito, cobria-os até o pescoço com o pano branco de algodão e, com a ajuda das meninas, os empurravas para o lado da parede. Jinsoo, que parecia a pessoa mais ocupada no Docheong, várias vezes ao dia se aproximava de ti com passos apressados para escrever as informações

---

* Como o sistema de educação coreano é diferente do brasileiro, optou-se pela seguinte classificação para cada nível de ensino: ensino primário (seis anos, dos sete aos doze anos); ensino secundário (três anos, dos treze aos quinze anos); e colegial (três anos, dos dezesseis aos dezoito anos).

pessoais que registraste no livro em um cartaz, que em seguida era afixado no portão do Docheong. Erguias o tecido branco e mostravas os corpos mortos às famílias que haviam visto a informação no portão ou a ouvido de outrem. Quando confirmavam a identidade, afastado, tu esperavas os soluços deles passarem. Os familiares, aflitos, enfiavam algodão no nariz e nos ouvidos dos cadáveres, que tinham sido arrumados às pressas apenas para não parecerem muito injuriados, e os vestiam com roupas novas e limpas. Após serem vestidos com essas roupas e postos no caixão, teu trabalho incluía registrar os corpos que seriam transferidos para o Sangmuguan.

Nesse processo, uma coisa que não conseguias entender era o fato de as famílias aflitas cantarem o *Aegukga* na breve cerimônia de homenagem feita de maneira informal depois do corpo acomodado no caixão. Colocar a *Taegukgi** sobre o caixão e amarrá-la firmemente com cordas também era estranho. Por que será que cantam o *Aegukga* para as pessoas que foram mortas pelos soldados? Por que enrolam os caixões com a *Taegukgi*? Como se não fosse a nação que os tivesse assassinado.

Quando, com cuidado, perguntaste isso, Eunsuk respondeu arregalando ainda mais os olhos redondos:

"Foram os soldados que se rebelaram para tomar o poder. Você também viu. Bateram e apunhalaram as pessoas em pleno dia, mas não bastou, atiraram nelas. Foram eles que mandaram fazer assim. Como podemos chamá-los de nação?"

Como se tivesses ouvido uma resposta a uma pergunta totalmente diferente, ficaste confuso. Naquela tarde, muitos corpos foram identificados, mais que o normal, e ocorreram, aqui e ali no corredor, a acomodação dos corpos nos caixões, simultaneamente. Durante o *Aegukga*, cantado como se fosse uma rodada entre soluços, prestaste atenção em silêncio na

---

* A bandeira nacional da Coreia do Sul.

delicada dissonância gerada pelas passagens que se colidiam. Como se aquilo pudesse te fazer entender o que é a nação. Enquanto o hino nacional era cantado alternadamente entre soluços, tu, prendendo a respiração, prestavas atenção na sutil dissonância gerada pela colisão das estrofes.

No dia seguinte, junto com as meninas, levaste alguns corpos que exalavam um forte odor para o quintal dos fundos da Sala de Serviço de Petição Civil. Porque não havia mais espaço para alojar os mortos trazidos naquele dia. Jinsoo, que veio da sala de situação com o passo apressado, como sempre, perguntou, surpreso:

"E se chover?"

Jinsoo olhava com uma expressão perturbada para o corredor, sem espaço onde se pudesse pisar, dada a quantidade de cadáveres, e Sunjoo lhe disse, baixando a máscara:

"Está muito apertado aqui, não tem jeito. Virão mais corpos à noite. O que vamos fazer? Como está a situação no Sangmuguan? Tem espaço lá, não?"

Em menos de uma hora, chegaram quatro pessoas enviadas por Jinsoo. Deviam vigiar algum lugar, porque portavam armas nos ombros e usavam os capacetes deixados para trás pela polícia militar. Enquanto eles carregavam no caminhão os cadáveres do quintal e do corredor, tu e as meninas guardaram os equipamentos. Ao seguir o primeiro caminhão que partia, andaste lentamente em direção ao Sangmuguan. A manhã estava ensolarada. Ao passar pelas nogueiras ainda jovens, seguraste e largaste sem motivo um galho que desceu sobre tua testa. Eunsuk, que caminhava à frente, entrou no Sangmuguan primeiro. Quando entraste logo depois, ela segurava luvas de algodão com manchas enegrecidas de sangue e observava os caixões ao redor, que abarrotavam o auditório. Sunjoo chegou em seguida e, dando um passo mais adiante, com um lenço que prendia com firmeza o cabelo que lhe caía sobre os ombros, disse:

"Lá, eu não sabia, porque apenas os estávamos enviando para fora... mas vendo-os todos juntos nesse lugar, são muitos."

Notaste os familiares aflitos sentados tão juntos que seus joelhos encostavam uns nos outros. Sobre os caixões que eles velavam foram postos os retratos emoldurados dos defuntos. Ao lado de um caixão, à altura da cabeça, foram colocada duas garrafas de Fanta. Em uma delas havia um ramo de flores brancas selvagens, e, em outra, uma vela.

Naquela noite, quando perguntaste a Jinsoo se ele poderia conseguir uma caixa de velas, ele assentiu de bom grado com a cabeça e respondeu:

"Sim. Se acendermos velas, o cheiro deve sumir, né?"

Pano de algodão, caixão de madeira, papel-jornal ou uma bandeira coreana, fosse o que fosse, quando pedias algo que era necessário, Jinsoo anotava no caderno e providenciava dentro de um dia. Ele disse a Sunjoo que, todas as manhãs, fazia compras na feira de Daein ou Yangdong, e se não conseguia encontrar algo nas feiras, procurava em carpintarias, agências funerárias e lojas de tecido. Disse que não tinha muita dificuldade para arranjar as coisas, pois muitas pessoas permitiam que as levasse por um preço bastante baixo, ou mesmo de graça, quando ele falava que viera do Docheong, e, além disso, havia sobrado muito do dinheiro que fora doado no protesto. Disse também que haviam acabado os caixões na cidade e que estavam produzindo novos nas carpintarias, utilizando as chapas de madeira que conseguiam. Na manhã em que Jinsoo deixou cinco caixas de cinquenta velas e fósforos, andaste por todos os cantos do prédio principal e do anexo, recolhendo as garrafas de refrigerante para usá-las como castiçais. Quando, ao acender as velas uma a uma, em pé diante da mesa de entrada, tu as colocavas nas garrafas de vidro, as famílias aflitas as levavam e as posicionavam diante dos caixões. Havia muitas velas, de modo que podias iluminar até os caixões que não eram velados por nenhum familiar e mesmo os corpos não identificados.

Todas as manhãs chegavam novos caixões ao Sangmuguan, onde ficava o altar memorial coletivo. Eram das pessoas que morreram mesmo recebendo tratamento nos grandes hospitais. Quando os familiares aflitos traziam um caixão, carregando-o em uma carreta, com os rostos brilhando, não se sabe se de suor ou de lágrimas, abrias espaço e estreitavas a distância entre os caixões.

À noite, chegavam os corpos que haviam sido atingidos em confronto com o exército da lei marcial nas zonas periféricas. Eram pessoas que tinham morrido na hora, no tiroteio, ou a caminho do pronto-socorro. O aspecto dos recém-mortos era muito vívido, e Eunsuk corria para fora do auditório e vomitava, interrompendo seu trabalho de recolocar os intestinos que transbordavam infindavelmente do interior dos abdomes. Sunjoo, que havia dito que seu nariz facilmente sangrava, inclinava a cabeça para trás de vez em quando e olhava para o teto do auditório enquanto pressionava o dorso do nariz por sobre a máscara cirúrgica.

Comparado com o delas, teu trabalho ainda não era duro. Tal como na Sala de Serviço de Petição Civil, escrevias a data e a hora da morte no livro, e registravas a aparência física dos mortos. Recortavas com antecedência os panos de algodão em tamanho adequado e preparavas as folhas de papel-jornal com alfinete para poder escrever os números, quando necessário. Amiúde, aproximavas os cadáveres não identificados ou os caixões e abrias espaço para os novos corpos que estavam para chegar. À noite, quando o número dos mortos excedia o normal e nem sequer havia tempo para encontrar lugares ou abrir espaço, deixavas os caixões grudados uns nos outros de modo desordenado. Naquela noite, ao se atentar de repente para o aspecto das pessoas mortas que abarrotavam o auditório, ocorreu-te que parecia uma multidão que tinha combinado de se reunir ali. Andavas apressado, com o livro embaixo do braço, entre a multidão que não gritava, nem se movia, nem dava as mãos, e que só emanava um miasma pungente.

Vai chover muito mesmo.
  Pensaste, inspirando fundo após sair do auditório. Ao andar em direção ao pátio dos fundos para inspirar um ar mais quente, ocorreu-te que não podias te afastar muito e paraste na esquina do prédio. Ouvia-se a voz de um jovem com o microfone.
  "Não podemos entregar as armas e nos render como eles ordenam. Primeiro, eles têm que devolver os nossos mortos. Têm, também, que soltar as centenas de cidadãos que prenderam. Acima de tudo, precisamos conseguir que prometam que vão esclarecer a verdade do que está acontecendo aqui para o país inteiro e recuperar a nossa honra. O certo não seria entregar as armas só depois disso, pessoal?"
  Parece-te que o barulho das pessoas gritando "uaaa" e batendo palmas diminuiu consideravelmente. Lembras do protesto que ocorreu no dia seguinte à retirada dos soldados. Havia pessoas espremidas até o terraço do Docheong e sobre a torre do relógio. Nas ruas axadrezadas, por onde não passavam carros, milhares de pessoas, ondulando como uma enorme maré, ocupavam todos os lugares, exceto aqueles em que estavam os prédios. Construindo eternamente o pagode com centenas de milhares de andares, elas cantaram o *Aegukga*. Bateram palmas como se soltassem centenas de milhares de fogos de artifício, sucessivamente. Ouviste a conversa entre Jinsoo e Sunjoo ontem pela manhã. Ele falou, com uma expressão séria,

que circulava um boato de que, quando os soldados retornassem, matariam todos os cidadãos e que o protesto estava encolhendo por causa do medo. "Acredito que, quanto mais fôssemos, menos eles poderiam agir de qualquer jeito... Tenho um mau pressentimento. Embora o número dos caixões aumente, as pessoas saem cada vez menos de casa."

"Derramamos sangue demais, não? Como podemos cobrir esse sangue sem fazer nada? Os espíritos que se foram primeiro estão nos observando com os olhos abertos."

Ao fim, a voz do homem falha. Como a palavra sangue, repetida, sufoca teu peito por alguma razão, abres a boca outra vez e respiras fundo.

Como que um espírito nos olha com os olhos abertos se ele não tem corpo?

Lembras do momento da morte de sua avó materna no inverno passado. Ela ficara internada por quase duas semanas porque uma gripe leve virara uma pneumonia. No sábado à tarde, depois de terminar a prova final do semestre, com o coração leve, tu a visitaste no hospital junto com tua mãe. O estado dela agravou-se de repente, e tu e tua mãe acompanhastes sua última hora, enquanto o casal de tios chegava apressado de táxi.

Quando criança, ias à casa dela. Até onde lembras, ela sempre estava com o corpo dobrado como a letra *guiyeok*,* e caminhava à sua frente após falar com calma: "Vem comigo". Tu a seguias e entravas no quartinho escuro usado como armazém. Sabias que ela abriria a porta do armário e pegaria *yugua* e *gangjung*** que tinha guardado para usar no ritual ancestral. Quando tu sorrias de leve ao receber o *yugua*, ela também sorria,

---

* A primeira consoante do alfabeto coreano, que se escreve "ㄱ". ** *Yugua* e *gangjung* são doces tradicionais coreanos, também usados nos rituais aos antepassados.

apertando os olhos. Assim como o temperamento manso dela, também foi calmo o momento de sua morte. Estavas de pé, perplexo, olhando para o rosto enrugado que se tornara um cadáver em um instante, sem saber para onde tinha ido aquilo que era como um passarinho.

Os espíritos das pessoas que estão agora no Sangmuguan também teriam partido do corpo de repente como passarinhos? Onde estão esses passarinhos assustados? Não pensaste que tinham voado para lugares exóticos, como o paraíso ou o inferno, como tinhas ouvido na aula bíblica à qual foste com amigos para comer ovos de Páscoa. Tampouco pensaste que eles vagavam na névoa usando roupa branca, com o cabelo revolto, como na novela histórica que causava medo de propósito.

Tuduk, gotas de chuva caem sobre teu cabelo curto. Quando levantas a cabeça, caem muitas nas bochechas e na testa também. Em um instante, a chuva derrama-se, grossa.

O homem com o microfone grita depressa:

"Sentem-se, pessoal, por favor. A cerimônia de homenagem ainda não acabou. Essa chuva são as lágrimas que escorrem dos espíritos das pessoas que se foram primeiro."

A água fria da chuva, ao entrar pela gola do teu uniforme da escola, molha por dentro a camisa que vestes, escorrendo até a cintura. Lágrima de espírito é fria. Sentes um arrepio nos braços e nas costas. Voltas correndo para o beiral da entrada, abrigado da chuva. As árvores na frente do Docheong fazem a chuva respingar com força. Agachado no fundo da escada, pensas na aula de biologia que tiveste um tempo atrás. Sentes como se fosse de outro mundo ter aprendido sobre a respiração das plantas no quinto horário, quando os raios de sol chegavam sonolentos. Foi dito que as árvores respiram só uma vez por dia. Foi dito que, quando o sol nasce, elas inspiram longamente a luz solar, e quando o sol se põe, expiram longamente o dióxido de carbono. A chuva está se derramando sobre a boca e o nariz das árvores, que inspiram o longo fôlego com muita paciência.

Se esse outro mundo tivesse permanecido, terias feito a prova do meio do semestre. Como hoje seria o domingo posterior à prova, terias dormido até tarde e jogado badminton com Jungdae no quintal. Assim como não te parece real essa última semana, tampouco te parece real o tempo daquele outro mundo.

Era domingo quando saíste de casa sozinho para comprar um livro de exercícios na livraria em frente à escola. Desceste a trilha à beira do riacho por medo dos soldados armados que haviam enchido as ruas de repente. Um homem de terno, segurando uma Bíblia e um hinário, e uma mulher de vestido azul-marinho, parecendo recém-casados, vinham do outro lado. Ouviam-se, por vezes, gritos agudos provenientes das ruas de cima, e três soldados com armas nos ombros e cassetetes nas mãos desceram do morro e cercaram o jovem casal. Pareciam ter vindo atrás de outras pessoas.

"O que estão dizendo? Para a igreja, nós estamos..."

Antes de o homem de terno acabar de falar, viste o que é o braço humano. Viste o que eram capazes de fazer as mãos humanas, os quadris humanos, as pernas humanas. "Socorro", gritou o homem ofegante. Até que os pés trepidantes do homem se acalmassem, eles não pararam de surrá-lo com cassetetes. Não sabes o que aconteceu com a mulher, que, ao lado, não parava de gritar e que foi agarrada pelos cabelos, pois subiste engatinhando o morro à beira do riacho, teu queixo tremia, e entraste na rua onde uma cena ainda mais inesperada se passava.

Assustado, ergues a cabeça. Uma mão tocou teu ombro direito. É a mão de um espírito frágil, como se a ponta dos dedos estivesse envolvida em várias camadas de pano de algodão frio.

"Dongho!"

Eunsuk, com os cabelos trançados molhados, o casaco branco e as calças jeans encharcadas até a bainha, sorri, abaixando-se em tua direção.

"O que houve para você se assustar tanto?"

Com o rosto pálido, sorris vagamente em resposta. *Bom, espírito não deve ter mãos.*

"Tentei vir mais cedo, mas, como está chovendo, me senti mal de levantar. Estava com medo que os outros também saíssem se eu partisse. Aqui foi tranquilo?"

"Não apareceu ninguém."

Respondes, sacudindo a cabeça:

"E não tinha ninguém passando."

"Lá também. Não foi muita gente."

Eunsuk se senta agachada ao teu lado. Tira um *castella** e um Yakult do bolso do casaco.

"As mulheres da igreja estavam distribuindo e eu peguei para você também."

Não tinhas percebido que estavas com fome, mas rasgas a embalagem apressadamente. Dás uma grande mordida no *castella*. Eunsuk remove a tampa de alumínio de Yakult e te entrega.

"A partir de agora vou ficar por aqui. Vai para casa e troca de roupa. Acho que as pessoas que precisavam passar por aqui já vieram todas."

"Eu nem tomei muita chuva. Vai você, para trocar de roupa."

Respondes, mastigando o *castella*. Bebes Yakult para conseguir engolir.

"Você está com bastante cheiro de suor. Já faz tempo que dorme e come aqui no Docheong."

---

* Bolo tradicional japonês, feito com açúcar, farinha, ovos e xarope de milho.

As tuas bochechas ficam vermelhas. Sempre que lavavas o rosto no banheiro do anexo, fazia o mesmo com o cabelo. Por medo de que o fedor de cadáver se impregnasse no teu corpo, lavavas também o corpo, à noite, batendo os dentes. Mas parece não ter adiantado.

"Ouvi na reunião que o exército da lei marcial vai entrar hoje à noite. Volte para casa e não venha mais aqui."

Eunsuk move a cabeça de repente. Parece que o cabelo faz cócegas na sua nuca. Observas, em silêncio, o movimento de sua mão para pegar os cabelos soltos e molhados com a ponta dos dedos e os retirar de dentro da gola do casaco. Seu rosto, que era gordinho e fofinho quando a viste pela primeira vez, emagreceu em poucos dias. Ao observar com atenção, notaste que o entorno dos olhos dela está enegrecido e encovado. Olhando com atenção o entorno dos olhos dela, enegrecido e encovado, pensas: O passarinho que parte quando a pessoa morre, em que parte do corpo ele fica quando a pessoa está viva? Será que é no meio das sobrancelhas franzidas, atrás do topo da cabeça, como uma auréola?

Como se não tivesses ouvido o que ela disse por último, falas, empurrando o resto do bolo na boca:

"O certo é a pessoa que tomou chuva trocar de roupa. Qual é o problema de se cheirar um pouco a suor?"

Ela tira mais um Yakult do bolso do casaco.

"Alguém está tentando roubá-lo? Come devagar. Ia dar esse para Sunjoo."

Tu pegas sem hesitar. Sorris brevemente, removendo a tampa de alumínio com as unhas.

Sunjoo não é o tipo de pessoa que se aproxima secretamente e toca teu ombro em silêncio. Ela vem caminhando e, de longe, já chama teu nome com a voz clara. Quando está perto, pergunta: "Não tem ninguém? Você estava sozinho até agora?".

E, de súbito, estende a mão segurando um *kimbap** envolto em papel-alumínio. Sentada ao teu lado na escada, come contigo, observando a chuva, que diminui aos poucos.

"Seu amigo, ainda não o achou?"

Ela pergunta como se, indiferente, lançasse uma leve indagação. Balanças a cabeça, e ela prossegue:

"Se você não o achou até agora, é possível que os soldados o tenham enterrado em algum lugar."

Para o *kimbap*, que engoliu sem água, descer bem, esfregas o peito com a palma da mão.

"Eu também estava lá naquele dia. Os soldados levaram os que foram atingidos na linha de frente, carregando-os no caminhão."

Interrompendo as palavras descuidadas que pareciam continuar saindo de sua boca, dizes:

"Sunjoo, você também tomou chuva. Vá para casa. Eunsuk foi trocar de roupa também."

"Para quê? Vou ficar toda molhada de suor de novo, trabalhando à noite."

Ela dobra o papel-alumínio diversas vezes, até que fique do tamanho de um dedo mindinho, e olha para a chuva. De perfil, seu rosto parece tão calmo e firme que te dá vontade de perguntar alguma coisa.

As pessoas que ficarem aqui hoje vão morrer de verdade?

Hesitas, em vez de perguntar. *Se parece que vão morrer muitas pessoas, por que não esvaziam o Docheong e não fogem todos? Por que uns ficam e outros vão embora?*

Ela joga no canteiro o pedaço de papel-alumínio que estava segurando. Olhando a palma vazia, esfrega com força os dois olhos, as bochechas e até a testa e as orelhas, como se tentasse se livrar do cansaço.

---

* Um prato coreano feito de arroz cozido e outros ingredientes que são enrolados em algas comestíveis.

"Meus olhos estão se fechando mesmo sem eu fazer nada. Vou para o anexo. Cochilar um pouco. Secar a roupa também." Ela sorri, revelando seus dentinhos. Fala com um tom reconfortante:
"Desculpe, mas eu vou ter que deixar você aqui de castigo de novo."

Talvez Sunjoo esteja certa. Talvez os soldados tenham enterrado Jungdae em algum lugar. Mas talvez a mãe esteja certa também. Talvez Jungdae esteja recebendo tratamento em algum hospital e não está conseguindo ligar para casa por ainda estar inconsciente. Quando a mãe veio para te levar junto com o irmão do meio ontem de tarde, insististe que não podias voltar para casa porque tinhas que achar Jungdae, e a mãe respondeu: "É para procurar nas UTIs primeiro. Vamos visitar todos os hospitais juntos".
A mãe agarrou a manga do teu uniforme da escola.
"Sabe o quanto que me assustei quando vieram me dizer que o tinham visto aqui? Meu Deus do céu! Tem muito corpo aqui. Você nem tem medo? Seu medroso."
Meio sorrindo, falaste:
"São os soldados que me dão medo, não as pessoas mortas."
O irmão do meio ficou rigorosamente sério. Era o irmão que só estudava e sempre era o primeiro da turma, desde pequeno, mas estava se preparando para o vestibular pela terceira vez porque não passara nas outras. Parecido com o pai, pois tem o rosto grande e a barba espessa, ele aparenta ser mais velho do que é, como se fosse de meia-idade, mesmo que tenha apenas vinte e um anos.* O irmão mais velho, que trabalha em

---

* Respeitou-se aqui a marcação de idade vigente na Coreia do Sul. Diferentemente do resto do mundo, naquele país os bebês já nascem com um ano de idade devido ao tempo passado na barriga da mãe. [N.E.]

Seul como funcionário público de nono grau, pelo contrário, tem um rosto mais bonitinho e um corpo menor, tanto que, quando os três estavam juntos nas férias, ao voltar para casa, todos pensavam que o irmão do meio era o primeiro filho.

"Você acha que as tropas de elite do exército da lei marcial, que têm metralhadoras e tanques, não entram aqui com medo do exército civil, que tem carabinas que eram usadas na Guerra da Coreia? Eles só estão esperando a data da operação. Todo mundo que ficar aqui vai morrer."

Afastando-te um passo, pelo medo de levar um beliscão do irmão do meio, falaste:

"O que eu fiz para morrer? Só ajudei em algumas coisinhas aqui."

Tu te livraste da mão da mãe, puxando o braço para baixo com força.

"Não se preocupe, volto daqui a poucos dias, após dar uma mão aqui. Depois de achar Jungdae."

Acenando sem jeito com a mão, entraste correndo no Sang-muguan.

O céu, que clareava aos poucos, tornou-se brilhante de repente. Levantas e sais pelo lado direito do prédio. Vês a praça vazia, agora que a multidão se dissipou. As famílias aflitas vestindo roupa preta e branca estão em pé, reunidas em grupos de três ou cinco em frente à fonte. Vês os meninos colocando no caminhão os caixões que estavam sob o palco. Tuas pálpebras, apertadas para reconhecer quem é quem, tremem em meio à luz. O espasmo das pálpebras se espalha até as bochechas.

Quando conheceste as meninas, havia algo que não era verdade no que tinhas dito.

No dia em que os cadáveres dos dois homens atingidos em frente à estação de trem foram carregados em uma carroça entre as primeiras filas de manifestantes, na praça onde havia se formado uma grande multidão de velhos com chapéu, crianças com cerca de dez anos, mulheres com guarda-sóis coloridos, quem viu Jungdae pela última vez foste tu mesmo, não um vizinho.

Ao som agudo dos tiros, todos se viraram e começaram a correr. "É cartucho sem bala! Está tudo bem!" Ao grito de alguém, em meio à barafunda de um grupo de pessoas que tentava voltar para a fila da frente, perdeste a mão de Jungdae. Quando o barulho dos tiros espoucou mais uma vez, correste, deixando para trás Jungdae, que caiu. Paraste, colado à parede de uma loja de produtos eletrônicos que estava com a porta metálica fechada, junto a três homens. Outro homem, que parecia pertencer ao mesmo grupo, correu para se juntar a eles e tombou, jorrando sangue no ombro.

"Meu Deus, é lá no terraço!"

Murmurou, arfando, o homem meio careca que estava ao teu lado.

"Atiraram no Youngkyu do terraço."

Do terraço do prédio ao lado, novamente soaram tiros. As costas do homem cambaleante, que tentava se levantar, trepidaram. O sangue, que se espalhou a partir da barriga, lhe cobriu o torso em um instante. Olhaste para o rosto dos homens ao teu lado. Ninguém falou. O homem meio careca tremeu, sem fazer ruído, tampando a boca.

Olhaste com os olhos apertados para as dezenas de pessoas caídas no meio da rua. Pensaste ter visto brevemente a calça azul-clara de um uniforme de ginástica igual a que vestias. Pensaste ter visto um pé descalço se contorcer.

No momento em que ias lançar-te, correndo, o homem que tremia tampando a boca te segurou pelo ombro. No mesmo instante, três jovens correram, saindo do beco ao lado. Quando tentaram levantar as pessoas caídas, colocando as mãos sob seus braços, estourou uma sequência de tiros por parte dos soldados que estavam na praça principal. Os jovens caíram, abatidos. Olhaste para o beco largo do outro lado da rua. Uns trinta homens e mulheres, grudados nas paredes de ambos os lados, olhavam para aquela cena como se estivessem congelados. Uns três minutos depois que cessou o barulho dos tiros, um homem particularmente baixo correu, sem parar, do beco do outro lado. Correu com toda sua força em direção a uma das pessoas caídas. Quando os tiros soaram novamente e ele caiu, o homem que ainda te segurava disse, tapando teus olhos com a palma das mãos grossas:

"Se você sair agora, vai morrer de graça."

No momento em que ele tirou as mãos dos teus olhos, viste que dois homens que estavam no beco correram, como se atraídos por um ímã, em direção a uma mulher caída, e levantaram-na, segurando-a pelos braços. Dessa vez, os tiros soaram do terraço. Os homens foram abatidos. Ninguém mais correu até as pessoas caídas.

Passados aproximadamente dez minutos de silêncio, cerca de vinte soldados saíram de suas fileiras, andando em duplas. Começaram a levar as pessoas caídas na parte da frente, arrastando-as com agilidade. Como se esperassem por esse momento, cerca de dez pessoas do beco ao lado e do beco do outro lado correram para as pessoas caídas na parte detrás e as carregaram nas costas. Dessa vez não houve tiros do terraço. Mas não correste para Jungdae, como eles. Os homens que estavam do teu lado carregaram as pessoas de seu grupo nas costas e desapareceram rapidamente pelos becos. Deixado ali sozinho de repente, aterrorizado, andaste depressa, apoiando-te na parede com as costas voltadas para a praça, pensando apenas em quais lugares estariam fora da vista dos atiradores.

28

Naquela tarde, a casa estava quieta. A mãe foi à loja de couro na feira Daein, mesmo no tumulto. O pai, que tinha machucado as costas havia um tempo ao carregar caixas de tecido de couro, estava deitado no quarto principal. Ao entrares no pátio empurrando com força o portão de ferro que estava fechado, ouviste o irmão do meio decorando palavras em inglês em seu quarto.

"É o Dongho?"

A voz sonora do pai soou do quarto principal.

"O Dongho voltou?"

Não respondeste.

"Dongho! Venha pisar nas minhas costas."

Fingindo não ouvir, foste ao canteiro e bombeaste água. Encheste a bacia de alpaca com a água fria e clara. Primeiro colocaste as duas mãos na água e, em seguida, o rosto. Ao levantares a cabeça, a água escorreu pelo rosto e pelo pescoço.

"Dongho! Não é o Dongho aí fora? Venha aqui!"

Colocando nas pálpebras as palmas das mãos, das quais a água ainda escorria, ficaste em pé por algum tempo em cima do degrau de pedra. Tiraste o tênis, atravessaste a sala de piso soalhado e abriste a porta do quarto principal. O pai estava deitado de bruços no cômodo tomado pelo odor da fumaça da moxabustão.

"Torci de novo há pouco, não consigo me levantar. Pisa um pouco aqui no lado da bunda."

Tiraste as meias. Colocaste o pé direito abaixo do quadril do pai e o pressionaste com mais ou menos a metade do peso do teu corpo.

"Por onde você andou? Sabe quantas vezes sua mãe ligou para perguntar se você voltou? Não pode ir perto do protesto. Disseram que houve tiros na nova estação do trem à noite e umas pessoas morreram... Não faz sentido. Como seria possível competir com armas de mãos vazias?"

Pisaste com cuidado entre a coluna e o sacro do pai, trocando os pés com o movimento de costume.

"Isso, sim, aí, é aí mesmo... Acertou o ponto!"

Saíste do quarto principal e entraste no teu, que fica ao lado da cozinha. Deitaste no chão forrado de papel, enrolando o dorso como uma bola. Passados alguns minutos após ter sido absorvido pelo sono, como se tiveste desmaiado, abriste os olhos de repente, por causa de um pesadelo do qual não consegues lembrar. O mundo real, mais temível que o sonho, estava à tua espera. É claro que não se ouve nenhum sinal de ninguém no quarto de Jungdae, no puxadinho. Não será diferente quando anoitecer. A luz não será ligada. A chave permanecerá firmemente imóvel dentro do jarro ao lado do degrau de pedra.

No silêncio, recordaste o rosto de Jungdae. No momento em que lembraste da calça azul-clara do uniforme de ginástica se contorcendo, não conseguiste respirar, como se uma massa de fogo tivesse entupido a boca do teu estômago. Para respirar, pensaste no Jungdae de todo dia. Pensaste no Jungdae que ia entrar pelo portão como se nada tivesse acontecido. O Jungdae que ainda não cresceu, como se ainda fosse um aluno do ensino primário. O Jungdae que, por isso, toma leite todo dia, fazendo sua irmã Jungmi comprar leite mesmo em condições apertadas. O Jungdae que é tão feio que se suspeita se é mesmo irmão de sangue de Jungmi. O Jungdae com seus olhos de casas de botão e seu nariz reto. O Jungdae que ainda assim tem um charme gracioso, que faz qualquer um sorrir só por sorrir, franzindo aquele nariz. O Jungdae que fez até o professor rigoroso estourar de rir ao dançar disco, enchendo as bochechas como baiacu no dia do piquenique. O Jungdae que quer ganhar dinheiro mais que estudar. O Jungdae que faz a preparação da prova para entrar no ensino secundário acadêmico obrigado, por causa da irmã. O Jungdae que trabalha com a cobrança de jornal escondido da irmã. O Jungdae cujas bochechas ruborizadas ficam rachadas desde o início do inverno e que tem uma verruga feia no dorso da mão. O Jungdae que, quando joga badminton contigo no quintal, só faz cortada de bola se achando um membro da seleção nacional. O Jungdae que pôs o apagador do quadro-negro na mochila com audácia. "Para que o leva?" "Para dar à minha irmã." "O que sua irmã vai fazer com isso?" "Sei lá, falou que lembrava dele várias vezes. Que fazer o dever semanal* era mais divertido que estudar no ensino secundário. Disse que uma vez os colegas escreveram um monte de letras no quadro-negro no Dia da Mentira. Acharam que o professor solteiro passaria por um aborrecimento ao ter que apagá-las, mas ele chamou, gritando, o responsável pelo dever semanal, e a minha irmã teve que apagar tudo. Enquanto todo mundo estava na aula estudando, ela desempoou o apagador com a vara, deixando a janela aberta. Disse que se lembra disso mais que de outras coisas dos dois anos que frequentou o ensino secundário."

Apoiando-te no chão com as duas mãos, tu levantaste. Arrastando os chinelos, atravessaste o pequeno quintal e paraste na frente do puxadinho. Ao tatear dentro do jarro profundo, em que se entra até o ombro, pegaste as chaves e chacoalhaste embaixo dos martelos. Abriste a fechadura, tiraste os chinelos e entraste no quarto.

Não havia sinal de que alguém tivesse passado por ali. O caderno no qual escreveram, na noite de domingo, os possíveis lugares aonde Jungmi poderia ter ido, a fim de confortar Jungdae, que estava com os olhos cheios de lágrimas, ainda estava aberto do mesmo jeito em cima da mesinha. A escola noturna,

---

* Nas escolas coreanas, cada semana tem um ou dois responsáveis que cuidam das tarefas dentro da sala de aula, como a limpeza.

a fábrica, a igreja, aonde ia de vez em quando, a casa do tio no Ilkokdong. A partir do dia seguinte, começaste a visitar esses lugares para procurá-la, junto com Jungdae, mas Jungmi não estava em nenhum desses locais.

Em pé no meio do quarto vazio e na penumbra, tu esfregaste as pálpebras secas com o dorso das mãos. Sentaste um pouco na frente da mesinha de Jungdae e depois deitaste de bruços, encostando o rosto no chão frio. Apertaste com o punho o lugar côncavo do meio dos ossos peitorais onde se sente dor. Se Jungmi entrasse pelo portão agora, de repente, sairias correndo e te ajoelharias. Pedirias para ir junto até a frente do Docheong para procurar Jungdae. *Você pode se chamar de amigo depois disso? Pode se chamar de gente ainda?* Levarias as pancadas que Jungmi desse, fossem quantas fossem. Pedirias desculpas, levando pancadas.

Jungmi, de vinte anos, também é baixa. Parece uma estudante de ensino secundário ou dos últimos anos de ensino primário quando vista de costas, por causa do cabelo curtinho. Mesmo de frente, sem maquiagem, lembra uma estudante mais ou menos do primeiro ano do colegial. Parece que sabe disso, então sempre faz uma maquiagem leve. Como trabalha em pé, seus pés devem inchar, mas mesmo assim sempre calça os sapatos com salto alto na hora de ir e voltar do trabalho. É uma pessoa que tem os passos leves e a voz baixa, sendo impossível imaginá-la explodindo de raiva, muito menos batendo em alguém. Mas Jungdae disse, deixando-te espantado: "As pessoas não sabem. A minha irmã é muito mais rigorosa do que meu pai".

Passados dois anos, desde que tinham alugado o puxadinho, ainda não tinhas conversado com Jungmi de verdade. A fábrica de fiação onde ela se empregara exigia trabalho noturno com frequência. Como Jungdae também voltava tarde para casa por causa do trabalho de cobrança — mentiu para a irmã que ia à biblioteca —, no primeiro inverno, o fogo de briquete de carvão sempre se apagava no puxadinho. Nas noites em que voltava mais cedo que o irmão, Jungmi, de vez em quando, batia na porta do teu quarto do lado da cozinha, com calma. Com o rosto exausto e o cabelo curto ajeitado atrás da orelha, abria a boca com dificuldade: *É que o fogo de briquete de carvão*... Cada vez que isso acontecia, corrias para a escada prontamente, sem nem vestir o casaco. Ao entregar o briquete de carvão acendido junto com o atiçador, ela ficava sem jeito, muito agradecida.

Foi no início do inverno do ano passado que tiveste uma longa conversa com Jungmi pela primeira vez. Jungdae jogara a mochila da escola em casa e ainda não tinha voltado do trabalho de cobrança. Tu rapidamente identificaste o som de Jungmi batendo na porta do quarto. O som de bater com calma, como se temesse algo, com as pontinhas dos dedos que pareciam envolvidas em várias camadas de pano frio e macio. Ela te perguntou, quando abriste a porta com rapidez:

"Por acaso, você jogou fora todos os livros didáticos do primeiro ano?"

"Do primeiro ano?"

Quando perguntaste em resposta, ela disse, hesitante, que tinha resolvido frequentar a escola noturna a partir de dezembro. "Dizem que o mundo mudou e não podem obrigar abusivamente o trabalho extra a partir de agora. Para aproveitar, vou tentar estudar. Mas passou muito tempo, então vou revisar os conteúdos do primeiro ano... e acho que posso estudar os do segundo ano quando Jungdae entrar em férias escolares."

Respondeste que ela esperasse um pouco e subiste ao sótão. Quando apareceste abraçando alguns livros didáticos e livros de exercícios empoeirados, os olhos de Jungmi se arregalaram.

"Meu Deus... Que menino responsável você é! O meu Jungdae já jogou tudo fora."

Abraçando os livros, ela pediu várias vezes:

"Não fale para Jungdae. Já fica se culpando por eu não ter conseguido estudar na escola por causa dele. Faça de conta que não sabe, só até eu passar no exame de qualificação para o ensino secundário, por favor."

Olhaste aparvalhado para o rosto dela, que sorria com os olhos como se neles brotassem várias flores.

"Quem sabe? Depois que Jungadae entrar na faculdade, eu estudo muito e entro na faculdade também."

Na época, ficaste curioso sobre como ela conseguiria estudar escondida. Com aquelas costas pequenas, se abrisse os livros, daria para se esconder no quartinho que nem chega a ter sete metros quadrados? Ainda mais porque, em geral, Jungdae não dorme cedo e fica fazendo a lição de casa.

Tinhas ficado curioso assim apenas por um momento, mas, desde então, lembravas repetidas vezes as mãos gordinhas que abririam os teus livros didáticos perto da cabeça de Jungdae, adormecido. As palavras que decorava, mexendo ligeiramente os lábios pequenos. *Meu Deus... Que menino responsável você é!* Os olhos risonhos. O sorriso exausto. O som de bater na porta com as pontinhas dos dedos, como se estivessem envolvidas em várias camadas de pano frio e macio. Não conseguias dormir profundamente à noite com o coração pungente por causa daquelas coisas. Quando escutavas o som dela caminhando, bombeando água e lavando o rosto na madrugada, engatinhavas até o lado da porta com o cobertor enrolado no corpo e ouvias com os olhos fechados, bêbado de sono.

O segundo caminhão, carregando muitos caixões na caçamba, para na frente do Sangmuguan. Com os olhos ainda mais estreitados por causa da luz do sol, vês Jinsoo descer do banco do lado do motorista.

"Aqui fecha às seis. Volte para casa quando fechar."

Tu perguntas, gaguejando:

"Quem vai vigiar os corpos lá dentro, então?"

"Hoje à noite, entram os soldados. Vamos mandar todas as famílias aflitas embora também. Ninguém deve estar aqui depois das seis horas."

"Só tem pessoas mortas aqui, os soldados vêm mesmo até aqui?"

"Falam até em matar as pessoas feridas nos hospitais por as considerarem rebeldes, acha que vão deixar em paz esses cadáveres e as pessoas que os guardam?"

Ele entra no auditório passando por ti com passos firmes, como se estivesse bravo. Parece que falará a mesma coisa para as famílias aflitas. Abraçando o livro com capa de papelão preta no peito, como se fosse um tesouro, tu observas Jinsoo de costas. Vês o cabelo molhado, a camiseta e a calça jeans dele, os perfis dos familiares aflitos que meneiam ou inclinam a cabeça. Ouves a voz aguda e trêmula de uma mulher.

"Eu não vou de jeito nenhum, nem um passo. Vou morrer aqui mesmo com minha criança."

Olhas repentinamente para os corpos que ainda não foram identificados e que estão deitados e cobertos com o pano de algodão até o topo da cabeça no fundo do auditório. Não consegues tirar os olhos do corpo do canto. No momento em que viste aquela pessoa pela primeira vez no corredor da Sala de Serviço de Petição Civil, lembraste de Jungmi. O rosto que já tinha começado a se decompor era difícil de identificar por estar cortado por um punhal. Mas te lembravas algo. Pensaste também tê-la visto com uma saia plissada semelhante.

Mas aquela saia com estampa de bolinhas não é muito comum? Não a viste com certeza sair vestida com aquele mesmo tipo de saia no domingo? Será que o cabelo de Jungmi era tão curto assim? Não são só as alunas de ensino secundário que usam aquele tipo de cabelo curto? Para que Jungmi, extremamente frugal, pintou as unhas dos pés se nem é verão? Mas tu nunca tinhas visto os pés dela direitinho. Jungdae deve saber se ela tinha uma pinta preto-azulada do tamanho de um feijão em cima do joelho. Tens que achar Jungdae para confirmar que aquela pessoa não é Jungmi. Entretanto, por outro lado, tens que achar Jungmi para encontrar Jungdae. Jungmi procuraria em todo o recanto de todos os hospitais dentro da cidade e acharia Jungdae, que teria acabado de recobrar a consciência na sala de recuperação. Como naquela vez, em fevereiro, que ela o achou dentro de um dia e voltou puxando a orelha de Jungdae, que tinha fugido de casa insistindo que preferiria morrer a entrar no ensino secundário acadêmico e que ingressaria na única turma de preparação para o colegial técnico. A mãe e o irmão do meio estouraram de rir vendo Jungdae quebrantado por aquela pessoa tão pequena e quieta. Mesmo teu pai, taciturno, fingiu uma tosse para dissimular o riso. Naquele dia, até a meia-noite ouvia-se a conversa entre os irmãos no puxadinho.

Uma voz baixa elevava-se, enquanto alguém tentava persuadir o outro com um tom carinhoso, e logo alguém elevava a voz novamente, enquanto o outro tentava apaziguar, com calma, e chegaste a não conseguir diferenciar os sons de briga, apaziguamento e riso baixo dos dois, até que adormeceste sem querer no teu quarto ao lado da cozinha.

Agora estás sentado em frente à mesa da entrada do Sangmuguan.

Pousando o livro aberto no lado esquerdo da mesa, transcreves, com letras graúdas, o nome, o número de série, o número de telefone ou o endereço dos mortos nas folhas de papel-jornal A4. Pois Jinsoo havia dito que deverias deixar tudo pronto para poder entrar em contato com os familiares aflitos imediatamente, no caso de todo o exército civil de fato morrer essa noite. Tens de te apressar para poder organizar e colar tudo nos caixões, sozinho, antes das seis.

"Donghooo!" Ao te chamarem, levantas a cabeça.

A mãe está vindo por entre os caminhões. Dessa vez, está sozinha, sem o irmão do meio. Está vestida com a camisa cinza que usa como uniforme quando vai trabalhar na loja e com a calça preta frouxa. A única coisa diferente do de costume é o fato de que o cabelo curto, sempre arrumado, está bagunçado e molhado de chuva.

Alegremente, levantas sem te dares conta, desces a escada correndo e estacas. A mãe sobe depressa a escada e segura a tua mão.

"Vamos para casa."

Torces o pulso para te libertar da mãe, que puxa tua mão com força, como se fosse a de uma pessoa que estivesse se afogando. Soltas um por um os dedos da mãe com sua mão livre.

"Disseram que o exército vai entrar. Vamos para casa."

Tiraste finalmente todos os dedos fortes da mãe. Tu foges para dentro do auditório com agilidade. As filas da marcha dos familiares aflitos que carregam os caixões para casa bloqueiam a mãe, que tenta entrar, seguindo atrás de ti.

"Fecha às seis aqui, mãe."

A mãe fica na ponta dos pés para cruzar os olhos com os teus por entre as filas dos familiares aflitos. Tu elevas a voz em direção à testa franzida da mãe, como se fosses uma criança chorosa.

"Quando fechar, vou voltar também."

Só então o rosto da mãe se alivia.

"Sem falta", diz ela. "Volta antes de escurecer. Vamos jantar todo mundo junto."

Sem passar nem meia hora desde que a mãe foi embora, tu levantas de novo ao ver um velho com um sobretudo marrom que, de relance, parece quente. O velho, com um chapéu preto em cima do cabelo grisalho, avança com passos trêmulos, apoiando a bengala de madeira no chão de terra. Desces as escadas após colocar o livro e a caneta em cima do papel-jornal, para não se espalhar com vento.

"Quem está procurando?"

"O meu filho e a minha neta."

O velho falou com a pronúncia incorreta por causa dos dentes que lhe faltavam.

"Eu vim de Whasun ontem, pegando carona em um trator. Disseram que o trator não pode entrar no centro da cidade, e quase não consegui atravessar o caminho da montanha, onde não tinham soldados."

O velho toma um grande fôlego. Gotas cinza da saliva pousam nos pelos brancos e ralos ao redor da boca. Não compreendes como esse avô, que nem consegue andar direitinho no terreno plano, atravessou a montanha.

"Meu caçula é mudo... Passou pela febre quando criança e não fala. Um cara que veio de Gwangju anteontem disse que os soldados mataram um mudo, espancando-o com porrete, falou que já fazia muito tempo."

Ajudas o velho a subir as escadas.

"E a minha neta do meu primeiro filho estuda aqui e mora sozinha em frente da Universidade de Jeonnam, mas quando foram na casa dela anteontem, ela tinha desaparecido... Já faz dias que nem o senhorio nem o vizinho a veem."

Ao entrar no auditório, vestes a máscara cirúrgica. As mulheres vestidas de luto embrulham garrafas de refrigerante, jornais, bolsas de gelo e retratos do defunto no pano, preparando-se para irem embora. Vês os familiares discutirem se levam os caixões para casa ou se os deixam aqui.

Agora o velho recusa a tua ajuda. Caminha adiante, tampando o nariz com um lenço de algodão encarquilhado. Sacode a cabeça, investigando um a um os rostos que não estão cobertos pelo tecido branco. O chão do auditório pavimentado com borracha abafa o som da bengala de madeira, que se encrava nele regularmente.

"Quem são aquelas pessoas? Por que os rostos estão cobertos?" O velho pergunta, indicando as pessoas que estão cobertas até o topo da cabeça.

Hesitas, querendo evitar tua obrigação. Sempre hesitas nesse momento. Quando abres o tecido de algodão branco manchado de sangue e fluidos das feridas, te esperam o rosto rasgado, o ombro cortado, os peitos que estão se estragando sob a blusa. À noite, aquela aparência tão vívida aparecia na tua mente, e teus olhos se abriam de súbito no meio do sono, sobre as cadeiras juntadas no restaurante do subsolo do prédio principal. Torcias o corpo pela ilusão de uma baioneta cortando e furando teu rosto, teu peito.

Vais na frente, caminhando em direção ao corpo do canto. Como se algo como um ímã enorme te empurrasse para fora com toda força, teu corpo, sem perceberes, tenta andar para trás. Para vencê-lo, andas com os ombros inclinados adiante. Ao abaixares o torso para erguer o pano, a cera semitransparente escorre sob a pupila azulada da chama da vela.

Quanto tempo será que o espírito fica ao lado do corpo?

Será que ele esvoaça como se tivesse asas? Fazendo bruxulear a chama da vela?

Pensas que seria bom se tua visão piorasse e até as coisas próximas também ficassem embaçadas. Entretanto, nada está embaçado. Antes de erguer o pano de algodão, não fechas os olhos. Mordendo o lábio inferior até sangrar, ergues o pano. Depois de erguê-lo e baixá-lo devagar, não fechas os olhos. Terias fugido, pensas, cerrando os dentes com firmeza. Mesmo se a pessoa que tivesse caído fosse essa mulher, e não Jungdae, terias fugido. Mesmo se fossem teus irmãos, teu pai, ou tua mãe, terias fugido.

Olhas para o rosto do velho, cuja cabeça está tremendo. "É a sua neta?" Em vez de perguntar, esperas pacientemente ele falar. *Não vou perdoar.* Olhas nos olhos do velho, que treme como se tivesse visto a coisa mais terrível em toda sua vida. *Não vou perdoar nada. Nem a mim mesmo.*

2.
Fôlego preto

Nossos corpos estavam empilhados uns sobre outros, em cruz.

O corpo de um homem desconhecido estava em cima da minha barriga; atravessado em um ângulo de noventa graus, sobre a barriga do homem, o corpo de um jovem desconhecido, também atravessado em um ângulo de noventa graus. O cabelo do jovem tocava meu rosto. O joelho do jovem estava apoiado no meu pé descalço. Eu conseguia ver tudo isso, pois eu cintilava, ainda colado ao meu corpo.

Eles se aproximaram. Rápidos, usando uniforme militar camuflado e capacete, com divisas no braço. Eles, em duplas, começaram a levantar nossos corpos e a jogar no caminhão militar. Com um movimento mecânico, como se carregassem sacos de cereais. Para não perder meu corpo, subi, cintilando, no caminhão, pendurando-me às bochechas, ao pescoço. Estranhamente, eu estava sozinho. Quer dizer, não podia encontrar os espíritos. Por mais que tenha espíritos em todo lugar, não podíamos nos ver ou sentir. A promessa de que nos encontraríamos no outro mundo era oca.

Meu corpo, junto com os outros corpos, foi carregado, balançando em silêncio. De tanto derramar sangue, meu coração parou, e o meu rosto, que ainda continuou a verter sangue, mesmo depois de o coração ter parado, estava fino e transparente como papel. Pareceu ainda mais desconhecido, pois foi a primeira vez que vi meu rosto de olhos fechados.

A noite avançava a cada instante. O caminhão, que havia saído da cidade, corria pela rua vazia, no meio do campo escuro. Ao subir o morrinho arborizado de carvalhos, surgiu um portão de ferro. Quando o caminhão parou por um momento, dois guardas se cumprimentaram com uma continência. Ecoou um som longo e agudo de metal — uma vez, quando os guardas abriram a porta, outra vez, quando a fecharam. O caminhão subiu o morro um pouco mais e parou no terreno baldio entre o prédio de concreto de um andar e o bosque de carvalhos.

Eles saíram da cabine do motorista. Após puxarem o trinco da traseira do caminhão, começaram a nos carregar, segurando nossos braços e pernas, novamente em duplas. Deslizando para o queixo, para a bochecha, enquanto seguia pendurado em meu corpo, olhei para um prédio de um andar, cujas luzes estavam acesas. Queria saber que prédio era aquele. Onde estava, para onde meu corpo iria.

Eles entraram no mato atrás do terreno baldio por ordem de uma pessoa que parecia ser um superior, empilharam novamente os corpos em cruz. Meu corpo, intercalado em segundo lugar, de baixo para cima, foi comprimido e achatado. Mesmo comprimido desse jeito, não havia mais sangue para escorrer. Com a cabeça inclinada para trás, meu rosto, de olhos fechados e boca entreaberta, parecia ainda mais pálido à sombra do bosque. Eles colocaram um saco de palha sobre o corpo do homem do topo, e agora o pagode de corpos tornara-se algo como o cadáver de um enorme animal com dezenas de pernas.

Depois de partirem, escureceu ainda mais. A tênue luz crepuscular no lado oeste do céu desapareceu lentamente. Eu estava sobre o pagode de corpos, cintilando, e via uma luz pálida atravessar as nuvens cinza que embrulhavam a meia-lua. A sombra do mato criada por aquela luz gravava estampas no rosto dos mortos, como estranhas tatuagens.

Acho que foi por volta da meia-noite que algo frágil e macio se aproximou e me tocou com calma. Sem saber de quem era aquela sombra sem rosto, nem corpo, nem fala, esperei. Queria achar a maneira certa de falar com um espírito, mas lembrei que nunca tinha aprendido isso em nenhum lugar.

Acho que aquele espírito também não sabia como falar. Mesmo não sabendo como iniciar uma conversa uns com os outros, podíamos sentir que pensávamos uns nos outros com toda a força. Quando aquilo por fim se afastou, como que resignado, voltei a ficar só de novo.

Ao anoitecer, repetiram-se coisas parecidas. Algo tocava minha sombra silenciosamente, e, a cada vez, era um espírito diferente. Nós, que não tínhamos mãos, pés, rosto ou língua, ficávamos imersos em pensamentos sobre quem seria o outro, encostando-nos nas sombras uns dos outros, e, no final, distanciávamo-nos sem conseguir trocar uma só palavra. Cada vez que uma sombra se afastava de mim, eu olhava para o céu. Queria pensar que a meia-lua coberta pelas nuvens também me olhava como uma pupila, mas aquilo era apenas uma pedra oca e prateada, um pedaço enorme de rocha deserta onde não havia vida.

Foi quando essa noite estranha e clara terminava, e a luz azulada da alvorada começava a se espalhar pelo céu negro, que me lembrei subitamente de você. Ah. Sim, você estava junto comigo. Até um porrete frio golpear o meu flanco de repente. Até eu cair como uma boneca de pano. Até eu erguer o braço em meio ao ruído de passos, que pareciam partir o asfalto em pedaços, e de tiros, que rasgavam o tímpano. Até eu sentir o sangue quente jorrar do flanco e se espalhar para os ombros e o pescoço. Até então, você estava comigo.

Os insetos tremiam as asas, fazendo barulho. Os pássaros invisíveis iniciavam seu canto em um tom agudo. As árvores escuras, sacudidas pelo vento e friccionando suas folhas brilhantes, emitiam um ruído. O sol pálido apareceu e logo subiu com vigor em direção ao centro do céu. Os nossos corpos empilhados atrás do mato agora começavam a se decompor. Nos lugares onde o sangue negro endureceu, nuvens de moscas-varejeiras e de mosquinhas chegavam voando e pousavam ali. Cintilando nas bordas do meu corpo, eu as observava esfregar as patinhas dianteiras, rastejar, subir voando e pousar de volta. Queria procurar o seu corpo, saber se estava enfiado no pagode de corpos, queria verificar se você estava entre os espíritos que tinham me acariciado à noite, mas não podia me afastar do meu corpo, como se estivesse preso a ele por uma força magnética. Não podia tirar os olhos do meu rosto pálido.

Perto do meio-dia, repentinamente percebi.

Você não estava aqui.

Além de não estar aqui, você ainda estava vivo. Então, percebi que um espírito, mesmo sem conseguir saber quem são os espíritos próximos, poderia saber se alguém morreu ou não, se pensasse com toda a força. Fiquei com medo ao notar que não havia ninguém que eu conhecesse entre os inúmeros corpos que se decompunham nesse mato desconhecido.

Depois de apenas um instante, tive ainda mais medo.

Suportando o medo, pensei na irmã mais velha. Ao ver o sol ardente inclinar-se tensamente mais e mais para o sul e ao fixar os olhos em meu rosto, em minhas pálpebras fechadas, pensei na irmã, apenas na irmã. Senti uma dor insuportável. A irmã morreu. Morreu antes de mim. Ao tentar gemer, sem língua nem voz, senti a dor do sangue e do fluido do ferimento saindo em vez de lágrimas. De onde será que escorre o sangue quando não se tem olhos, onde será que se sente a dor? Observei meu rosto pálido, de onde nada escorria. As minhas mãos sujas não se moviam. Sobre as unhas que se tornaram escuras como tijolos devido ao sangue oxidado, formigas-de-fogo andavam, silenciosas.

Não me senti mais com dezesseis anos. A idade de trinta cinco ou quarenta e seis também me parecia frágil e pequena. Não estranharia se tivesse sessenta e seis, não, setenta e seis.

Eu não era o Jungdae, o mais baixo da turma. Não era o Jungdae Park, que gostava e temia a irmã mais do que qualquer coisa no mundo. Percebi que uma força estranha e feroz tinha aparecido, mas surgira apenas por causa dos pensamentos que não cessavam, não por causa da morte. Quem me matou, quem será que me matou, por que me matou? Quanto mais pensava, mais aquela força desconhecida se intensificava, tornando denso e gelatinoso o sangue, que escorria sem parar de onde não havia olhos nem bochechas.

O espírito da irmã também deve estar cintilando em algum lugar. Onde? Agora, como não temos mais corpos, não precisaríamos nos mover fisicamente para nos encontrar. Mas como vou encontrar a irmã sem um corpo? Como vou reconhecê-la, se não tem um corpo?

Meu corpo continuou a se decompor. Dentro das chagas que se abriram, aglomeravam-se cada vez mais mosquinhas. As moscas-varejeiras pousadas nas pálpebras e nos lábios moviam-se lentamente, esfregando as patinhas pretas e finas. Ao pôr do sol, que emanava raios cor de laranja por entre os galhos das copas do bosque de carvalhos, eu, cansado de pensar na irmã, agora comecei a pensar neles. Onde estarão agora aquele que me matou e o que matou a irmã?

Eles também devem ter um espírito, mesmo que ainda não tenham morrido, e eu pensei que poderia atingi-los se pensasse sem parar. Queria abandonar meu corpo. Queria cortar aquela força que se esticava daquele corpo morto como uma teia fina e firme, me puxando. Queria voar até eles. Queria perguntar. Por que me matou? Por que matou minha irmã? Como matou?

No crepúsculo, os pássaros pararam de cantar. Os insetos da noite, que faziam barulhos mais delicados que os que cantavam durante a tarde, começaram a vibrar as asas. Ao escurecer completamente, como na noite anterior, a sombra de alguém tocou a minha. Acariciamo-nos um ao outro, cintilando, e nos dispersamos. Parecia que, provavelmente, havíamos meditado sobre as mesmas coisas durante o dia, imóveis sob o sol ardente. Parecia que apenas à noite ganhávamos força para nos afastarmos um pouco da magnética atração dos corpos. Até um pouco antes de eles chegarem, acariciamo-nos uns aos outros, querendo saber uns dos outros, e, no fim, não conseguimos descobrir nada.

O som metálico do portão abrindo e fechando cortou, por duas vezes, o silêncio da noite. Um barulho de motor se aproximou. Quando a luz se moveu, iluminando nossos corpos, as sombras do mato, gravadas como negras tatuagens em nossos rostos, também se moveram.

Dessa vez, eram apenas dois. Eles carregavam novos cadáveres e os colocaram ao nosso lado, um por um, segurando-os pelos braços e pelas pernas. Eram quatro corpos com o crânio afundado por algo perfurante e com a roupa da parte superior do corpo manchada de sangue, e um dos corpos vestia uma camisola hospitalar com listras azuis. Eles empilharam aqueles corpos novamente em cruz, ao lado dos nossos. Após colocar, por último, o corpo vestido com a camisola hospitalar, cobriram-no com um saco de palha e se foram. Ao observar as sobrancelhas franzidas e os dois pares de olhos ocos, eu soube. De ontem para hoje, um cheiro terrível começara a emanar dos nossos corpos.

Enquanto ligavam o carro, me aproximei, cintilando, daqueles corpos. Senti que não só eu, mas as sombras dos outros espíritos também se aproximaram e envolveram aqueles corpos. Das roupas dos homens e das mulheres com crânio afundado ainda escorria um sangue aguado. Parecia que haviam jogado água na cabeça deles. Os rostos, pelo menos, estavam mais ou menos lavados e pareciam limpos. O ser mais especial entre eles era o jovem vestido com a camisola hospitalar, deitado com um saco de palha lhe cobrindo o peito. Ele estava mais limpo que todos. Alguém lavara o corpo dele. Suturou a parte afetada e passou pomada. A atadura, que lhe enrolava a cabeça em várias voltas, brilhava branca no escuro. Era mesmo um corpo morto como os outros, mas aquele, com vestígio das mãos que o tocaram, parecia tão infinitamente nobre que senti uma tristeza estranha e ciúmes. Senti vergonha e ódio do meu corpo, que estava enfiado debaixo do alto pagode de corpos, como um animal.

Sim, a partir daquele momento, comecei a odiar meu corpo. Os nossos corpos, que foram jogados e empilhados como pedaços de carne. Os rostos sujos, que se decompunham e emanavam mau cheiro sob a luz do sol.

Se pudesse fechar os olhos.

Se pudesse não observar mais o nosso corpo, que se tornou uma massa como um cadáver de um monstro de dezenas de pernas. Se pudesse adormecer sem perceber. Se pudesse mergulhar de cabeça agora no chão da consciência escura.

Se pudesse me esconder dentro de um sonho.

Pelo menos dentro da memória.

Para o verão do ano passado em que a esperava, vagando no corredor em frente à sua sala, que demorava mais para terminar as aulas. Para o momento em que peguei a mochila com pressa ao ver seu professor sair pela porta da frente. Para o momento em que entrei na sala, pois não a achei enquanto todos os outros saíam, e a chamei em voz alta e a vi apagando o quadro-negro.

"Que você está fazendo?"

"Sou responsável pelos deveres semanais."

"Você foi na semana passada também, não?"

"Fiz o favor de trocar com alguém que me falou que vai num encontro às cegas."

"Idiota."

O momento em que rimos frivolamente, olhando um para o outro. O momento em que o pó de giz entrou no meu nariz e me fez querer espirrar. O momento em que enfiei secretamente o apagador que você tinha limpado na minha mochila. O momento em que contei a história da minha irmã, não de orgulho, nem de tristeza ou de vergonha, diante do seu rosto perdido.

Naquela noite, deitado com o lençol enrolado na barriga, fingia dormir. Ouvi o barulho da minha irmã voltando do trabalho extra noturno, como sempre, e abrindo a mesinha perto da pia no quintal e comendo arroz frio empapado, como de costume. Observei, estreitando os olhos no escuro, o perfil da irmã, que se lavou e escovou os dentes, aproximar-se da janela na ponta dos pés. Ela fora verificar se o incenso repelente queimava direito e, descobrindo o apagador de quadro-negro que eu tinha colocado na janela, riu. Uma vez, baixinho, como um suspiro, outra vez, em voz alta.

Ela moveu a cabeça de um lado para outro, levantou o apagador de pano e o colocou de volta na janela. Estendeu o colchonete longe de mim, como sempre, e deitou. Logo se aproximou calmamente de mim de joelhos. Eu, que estava com os olhos abertos, os fechei firmemente, como se estivesse dormindo. Ela acariciou, uma vez, a minha testa, outra vez, a minha bochecha, e voltou para seu lugar. No escuro, ouvi novamente o mesmo som de riso de há pouco. Uma vez, como um suspiro, outra vez, em voz alta.

Era essa a memória que eu tinha que agarrar no mato escuro. Tudo daquela noite, quando eu ainda possuía um corpo. O vento frio e úmido que soprava pela janela na noite já avançada, e a sensação de que tocava o dorso de meu pé descalço. O cheiro de loção e de Salonpas que vinha vagamente da irmã. *Pirr, pirr*, os insetos do quintal que cantavam baixinho. As malváceas grandes que subiam infinitamente na frente do nosso quartinho. Os sinais das rosas selvagens esplêndidas que escalavam a parede diante do seu quarto ao lado da cozinha. O meu rosto que minha irmã acariciou duas vezes. O meu rosto de olhos cerrados que minha irmã amava.

Precisava de mais memórias.

Tinha que seguir mais rápido as memórias para que não cessassem.

Jogou água nas minhas costas, no quintal, na noite de verão. A água fria, como o tesouro mais limpo e nobre do mundo, que tinha acabado de bombear, você jogou nas minhas costas suadas com um balde. Uhhhh, você riu me vendo tremer.

Andamos de bicicleta ao longo da trilha à beira do riacho. Andávamos cortando o ar ao meio, contra o vento. A minha camiseta branca do uniforme de verão esvoaçava como asas. Quando ouvi você chamar meu nome atrás de mim, pedalei energicamente. Ao ouvir sua voz se afastar aos poucos, pedalei ainda mais animado.

Era no dia do nascimento de Buda, que caiu no domingo. Fui para Gangjin junto com a irmã mais velha para fazer um bate e volta no templo, onde a mãe estava enterrada. Da janela do ônibus interurbano viam-se os lotes de arrozal. "Irmã, o mundo inteiro é um aquário." Na água clara do arrozal de logo antes da semeadura, o céu se refletia infinito. O cheiro da acácia entrou pela fresta da janela, e meu nariz tremeu sem que eu percebesse.

A irmã cozinhou batatas no vapor, que eu comi soprando, queimando a língua.

Comi melancia, que se desmanchava como açúcar, comi e mastiguei até as sementes, como tesouros negros.

Corri para casa, onde a irmã esperava, com uma sacola de pão dentro do suéter, no lado esquerdo do peito, e os dois pés ficaram dormentes de tão congelados, e parecia que só o coração queimava fortemente.

Queria crescer mais.

Queria fazer flexão quarenta vezes seguidas.

Queria abraçar uma mulher algum dia. A mulher que seria minha pela primeira vez, queria colocar a mão trêmula perto do coração dessa mulher, cujo rosto ainda me era desconhecido.

Penso no meu flanco que está se decompondo.
Penso na bala que o penetrou.
Naquilo que sentia no começo como um porrete frio,
Naquilo que, em um instante, tornou-se massa de fogo, movendo-
-se no interior da minha barriga.
Penso no buraco que aquilo causou no flanco do outro lado,
fazendo todo o meu sangue quente escorrer.
Penso no cano da arma que atirou e deixou aquilo sair.
Penso no gatilho gelado.
Penso no dedo quente que o puxou.
Penso nos olhos que miraram em mim.
Penso nos olhos da pessoa que deu a ordem de atirar em mim.

Quero ver o rosto deles, quero cintilar em suas pálpebras quando adormecidos, quero entrar nos seus sonhos de repente, quero cintilar, atravessar a testa e as pálpebras deles, a noite inteira. Até que eles vejam os meus olhos sangrando em seus pesadelos. Até que ouçam a minha voz. Por que atirou em mim, por que me matou?

Passaram-se dias e noites calmos. Passaram as penumbras azuladas da alvorada e da noite. Passou o barulho do motor do caminhão militar, que voltava a cada meia-noite, as luzes agudas de sua lanterna dianteira.

Cada vez que eles vinham, aumentavam, um a um, os pagodes de corpos cobertos com saco de palha. Corpos com a cabeça esmagada, mas não por balas, e ombros deslocados. Raros corpos limpos, enrolados em atadura branca e vestidos com a camisola hospitalar, misturados entre eles.

Uma vez, não pude encontrar o rosto de uns dez corpos que eles tinham deixado. Ao perceber que suas cabeças não tinham sido cortadas, mas sim que seus rostos, pintados com uma tinta branca, haviam sido apagados, recuei, cintilando. Os rostos, como um papel branquinho, com as cabeças inclinadas para trás, apontavam para algum lugar no mato. Olhavam para o vazio sem olhos, sem nariz, sem lábios.

Será que todas essas pessoas estavam naquela rua?

Será que essas pessoas estavam ao meu lado entre aquelas inúmeras outras que gritavam e cantavam juntas na multidão, clamando para os ônibus e táxis que, como uma enorme onda, avançavam com os faróis acesos?

O que terá acontecido com os corpos dos dois homens que lideravam a marcha, carregados na carroça, que disseram ter sido atingidos na frente da estação? O que será que aconteceu com os pés descalços que balançavam no ar? Você se assustou no momento em que viu a cena. As pálpebras piscavam fortemente e os cílios tremiam. Eu agarrei sua mão nesse momento. "Nosso Exército atirou", você murmurava um tanto desvairado, e eu o puxava para a frente, mais para a frente da marcha. "Nosso Exército atirou", você parecia que logo ia explodir em choro, e eu cantava, puxando-o com força para a frente. Cantava o *Aegukga* até estourar a garganta. Antes de eles cravarem uma bala quente como fogo no meu flanco. Antes de apagarem aqueles rostos com tinta branca.

Os corpos que formaram o primeiro pagode se decompuseram antes e encheram-se de vermes brancos em todo cantinho. Observei em silêncio meu rosto apodrecer, enegrecido, se putrificar, o perfil ser destruído e tornar-se irreconhecível a quem quer que seja.

Durante as noites, ao escurecer, as sombras, que aumentavam em número, começavam a se encostar na minha. Continuávamos sem olhos, mãos ou língua, mas nós nos acolhíamos. Continuávamos sem saber quem era quem, mas podíamos saber vagamente há quanto tempo estávamos juntos. Quando a sombra que estava junto comigo desde o começo e a sombra que veio depois ficavam sobrepostas à minha, lado a lado, eu conseguia distinguir seus sinais de maneira inexplicável. Parecia que algumas sombras haviam suportado por muito tempo dores que eu desconhecia. Será que eram os espíritos dos corpos que tinham feridas roxo-escuras sob cada unha e cujas roupas estavam molhadas? Cada vez que as sombras deles tocavam a extremidade da minha, transmitiam ardentemente o sinal de uma dor horrível.

Se tivéssemos passado assim um pouco mais de tempo, será que teríamos chegado a nos conhecer? Será que teríamos por fim conseguido achar uma maneira de trocar algumas palavras, alguns pensamentos?

Mas aquela noite chegou.

Era um dia em que tinha chovido muito à tarde. Nosso sangue foi lavado pela chuva forte, e nos decompúnhamos mais rápido depois disso. Os rostos, agora azul-escuros, brilhavam vagamente sob a luz da lua cheia.

Eles chegaram, mais cedo do que de costume, antes da meia-noite. Ao sinal de sua aproximação, desviei do pagode de corpos, como sempre, e cintilei, encostando-me à sombra do mato. Nos últimos dias, eram as mesmas duas pessoas, mas dessa vez eram seis, inclusive pessoas que não tinha visto antes. Eles carregaram os corpos, segurando-os pelos braços e pernas de maneira grosseira, e os empilharam de qualquer jeito, sem alinhar as quatro pontas da cruz, por alguma razão. Recuados, tapando nariz e boca, como se não aguentassem o cheiro, olharam para os pagodes de corpos com olhos ocos.

Um deles foi até o caminhão e voltou devagar com um grande galão de óleo nas mãos. Aproximou-se, cambaleando, dos nossos corpos, suportando, com as costas, os ombros e os braços, o peso do galão de plástico.

Agora acabou, pensei. Inúmeras sombras penetraram na minha, nas sombras dos outros, debatendo-se, com um movimento frágil e suave. Assim que se encontravam, tremendo no ar, espalhavam-se, e novamente sobrepunham-se nas bordas e se debatiam em silêncio.

Duas pessoas, entre os soldados que estavam esperando, caminharam e pegaram mais galões de óleo. Abriram a tampa com calma e começaram a jogar óleo sobre os pagodes de corpos. Sobre todos os nossos corpos, ordenada e imparcialmente. Após lançar a última gota do óleo que sobrou no galão, eles se afastaram. Atearam fogo na palha seca e a lançaram com força sobre nós.

As roupas sujas de sangue que se decompunham grudadas aos nossos corpos queimaram primeiro e viraram cinzas. Em seguida, os cabelos, os pelos finos, as peles, os músculos, os órgãos começaram a arder. O fogo elevou-se feroz, como se fosse devorar o bosque. O terreno baldio clareou como em pleno dia.

Soube, então, que o que nos fazia permanecer aqui eram aquela pele, aqueles cabelos, aqueles músculos e aqueles órgãos. A força gravitacional dos corpos, que nos puxava, começou a enfraquecer rapidamente. Nós, que nos afastávamos pelos espaços dentro do mato, e passávamos, encostávamos e acariciávamos as sombras uns dos outros, subimos para o ar vazio de uma vez, embarcando na fumaça negra que jorrava densa dos nossos corpos.

Eles começaram a voltar para o caminhão. Como se tivessem recebido ordens para ficar de olho até o fim, apenas dois soldados com divisas de cabo e tenente permaneceram imóveis no lugar. Eu desci cintilando até aqueles dois jovens soldados. Observei seus rostos novinhos ao me espalhar nas beiras de seus ombros e nuca. Nos olhos negros amedrontados, vi nossos corpos queimarem.

Nossos corpos continuaram a queimar, jorrando chamas. Os órgãos encolheram, fervendo. A fumaça negra que emanava intermitentemente parecia o fôlego que os nossos corpos exalavam. Onde aquele fôlego áspero aplacou, apareceram os ossos branqueados. Os espíritos dos corpos cujos ossos foram revelados dissiparam-se ao longe em algum momento, e não se sentia mais suas sombras cintilarem. Quer dizer, finalmente era a liberdade, agora podíamos ir a qualquer lugar.

Para onde vou, perguntei a mim mesmo.

Vamos até a irmã.

Mas onde a irmã estará?

Eu queria estar calmo. Ainda tinha um tempo até o meu corpo, empilhado na parte mais baixa do pagode, queimar por completo.

Vamos até aqueles que me mataram.

Mas onde eles estão?

Pensei, cintilando na terra molhada do terreno baldio, na sombra azul-escura do mato desenhada sobre ela. Como, para onde tenho que ir? Não senti dor ao constatar que o meu rosto escuro, que se decompunha, agora iria desaparecer para sempre. Não senti pena de que aquele corpo humilhante queimasse até não sobrar nada. Eu queria ser simples como tinha sido quando estava vivo. Queria não temer nada.

Vou até você.

Então tudo se esclareceu.

Não tinha pressa. Se voasse antes da alvorada, poderia achar a direção da cidade, onde as luzes se reuniam. Tateando nas ruas ao amanhecer, poderia me aproximar, cintilando, da casa onde você e eu morávamos. Talvez você já tivesse achado a minha irmã. Se te seguisse, talvez pudesse achar o corpo da irmã. Talvez pudesse encontrar a irmã cintilando nas bordas de seu corpo. Não, talvez ela já tivesse voltado para o quarto onde morávamos e cintilasse à janela, sobre o degrau de pedra fria, me esperando.

Penetrei na luz cor de laranja do fraco fogo que morria. O pagode de corpos fora destruído dentro do fogo forte, e não se podia mais distinguir os quentes despojos mesclados.

Era uma madrugada calma.

Morrendo o fogo, o bosque escureceu novamente.

Os jovens soldados, sentados na terra com os joelhos dobrados, estavam adormecidos, como se estivessem mortos, encostados no ombro um do outro.

Naquele instante, ouviu-se um estampido.

Um barulho de explosivo, como se milhares de fogos tivessem sido soltos ao mesmo tempo. Um grito ao longe. O estrondo de vidas sendo ceifadas de uma só vez. O sinal de espíritos assustados saindo dos corpos simultaneamente.

Você morreu nesse momento.

Sem saber onde, senti apenas o instante em que você morreu.

Espalhando-me no ar onde não há luz, subi mais e mais para o alto. Estava escuro. Nenhuma luz estava acesa em nenhum lugar da cidade, em nenhuma região, em nenhuma casa. Apenas um ponto distante emanava luzes brilhantes. Vi luzes de sinalizadores lançados sucessivamente, luzes do fogo das armas, que brilhavam e salpicavam.

Será que deveria ter ido até aquele lugar nesse momento? Se tivesse voado com força para lá, será que poderia ter me encontrado com você, assustado, tendo acabado de sair do corpo? Com os olhos ainda sangrando, na luz da alvorada que chegava, oprimindo-me como um imenso bloco de gelo, eu não podia me mover para lugar nenhum.

3.
Sete tapas

Ela levou sete tapas. Foi às quatro da tarde de quarta-feira. Não se sabe qual tapa, pois apanhou no mesmo lugar sucessivamente, lhe rebentou uma fina veia na maçã direita do rosto. Ela saiu à rua, limpou o sangue que escorria, esfregando-o com a palma da mão. O ar do fim de novembro era claro e frio. *Volto para o escritório?* Ela parou um momento diante da faixa de pedestres. Sentiu que a bochecha inchava rapidamente. Os ouvidos estavam atordoados. Se tivesse apanhado mais, talvez seu tímpano estourasse. Engolindo o sangue repulsivo acumulado na raiz dos dentes, ela caminhou até o ponto de ônibus para voltar para casa.

Primeiro tapa

Os sete tapas, ela esquecerá a partir de agora. Um tapa por dia, esquecerá em uma semana. Hoje é o primeiro dia.

Ela abre a porta do quartinho com a chave e entra. Tira os sapatos e os alinha. Deita-se de lado no chão sem desabotoar o casaco. Dobra o braço e apoia a mão sob a bochecha esquerda para não causar uma paralisia no nervo facial. A bochecha direita ainda está inchando. O olho direito não abre muito. A dor que começou nos dentes molares se espalha ardentemente para a têmpora.

Após ficar deitada nessa posição por vinte minutos, ela se levanta. Tira a roupa e a pendura no cabide. Calça os chinelos e, vestindo apenas uma roupa íntima branca, vai até a pia. Despeja a água fria na bacia e a joga no rosto. Abre a boca, mesmo sem conseguir abrir muito, e escova os dentes como se os acariciasse, com cuidado. O telefone toca e para. Ao entrar no quartinho após secar os pés molhados com uma toalha, o telefone toca novamente. Ela estende a mão para o aparelho, mas logo muda de ideia e puxa o fio da parede.

Atender para quê?

Murmurando com a boca fechada, ela estende o colchonete e o cobertor de algodão. Não sente fome. Mesmo que se forçasse a comer algo, logo teria indigestão. Ela se encolhe, pois está frio dentro do cobertor. A ligação de há pouco deve ter sido do escritório, do redator-chefe. Ela teria que responder às suas perguntas. *Tudo bem, levei alguns tapas só. Não, só tapas. Posso ir trabalhar. Tudo bem. Não preciso ir ao médico. Só inchou o rosto.* Foi melhor ter puxado o fio do que falar isso.

Ela estica as costas, os braços e as pernas ao calor do cobertor de algodão, que lhe esquenta o corpo lentamente. Olha para a janela, são seis da tarde, já está escuro. Por causa da luz de fora, uma parte da janela parece laranja-queimado. Ao relaxar graças à posição confortável e ao calor, a dor da bochecha revive ainda mais.

Agora, como vou esquecer o primeiro tapa?

Quando o homem lhe deu o primeiro tapa, ela não fez nenhum barulho. Tampouco desviou o corpo antes do segundo tapa chegar voando. Em vez de se levantar da cadeira, ou esconder-se agachada embaixo da mesa da sala de interrogatório, ou correr para a porta, esperou imóvel, prendendo a respiração. Esperou o homem parar, parar de bater. No segundo, também no terceiro, até no quarto, acreditou que era o último. Quando a palma chegou voando pela quinta vez, pensou: *Não vai parar, vai continuar batendo.* Na sexta, não pensou em mais nada. Nem contou mais. Apenas quando o homem sentou na cadeira dobrável após ter dado o sétimo tapa, ela completou a soma, adicionando mais dois tapas aos cinco que recebera. Sete tapas.

O rosto do homem era medíocre. Um rosto sem muitas curvas, de lábios finos. Usava uma camisa cor de marfim de gola larga, uma calça frouxa de um terno cinza e um cinto com uma fivela especialmente brilhante. Se o encontrasse por acaso na rua, pareceria um chefe de uma empresa qualquer. Abrindo aqueles lábios normais e finos, ele falou: "Cachorra. Ninguém vai ficar sabendo nada do que acontecer aqui com você, seu lixo".

Ainda sem saber que as veias finas da sua bochecha direita haviam rebentado, ela olhou vagamente para o rosto do homem.

"Escuta bem, se você não quer morrer aqui sem ninguém saber, onde está aquele babaca?"

Ela encontrou o tradutor que o homem chama de "aquele babaca" há duas semanas numa padaria à beira do riacho Chunggae. Era um dia em que esfriara repentinamente, e ela vestia um suéter. Depois de limpar a água da xícara de chá de cevada que havia caído na mesa, ela tirou o maço do manuscrito corrigido. Colocou-o sobre a mesa, virando-o para o tradutor, que estava sentado à sua frente, para que ele pudesse ver melhor. "Não tenha pressa, professor." Enquanto ela comia a parte crocante do pão *streusel* com o chá de cevada já frio, ele deu uma olhada no texto original com cuidado, levando quase uma hora. Perguntou a opinião dela sobre as pequenas correções e sobre a redação, e sugeriu que, por último, conferissem juntos o índice. Ela mudou a cadeira para o seu lado e conferiu mais uma vez o índice e as correções, virando uma por uma as folhas do manuscrito. Antes de se despedir, ela perguntou: "Como entro em contato quando o livro sair?". Sorrindo, ele respondeu: "Vou procurá-lo em livrarias". Ela tirou um envelope da bolsa e o deu a ele. "O chefe mandou entregar com antecedência, é o pagamento dos direitos autorais da primeira edição." Ele recebeu sem dizer uma palavra e o enfiou no bolso interior do casaco. "Como faremos com o pagamento a partir da segunda edição?" "Depois entrarei em contato." A aparência dele era diferente da de um criminoso procurado, que tinha imaginado vagamente. Seus olhos eram tímidos, como os de alguém incapaz de matar sequer uma mosca. Não se sabe se seu fígado estava doente, mas a pele era, no geral, amarelada, e seu queixo e barriga eram gordinhos. Provavelmente deve ser porque tenha ficado em lugares fechados por muito tempo. "Peço desculpa por ter feito você vir tão longe assim nesse frio." Às suas palavras mansas, que eram exageradamente educadas, ela, que era muito mais jovem, sorriu, sem responder.

"Isto aqui que achamos na sua gaveta, sua vaca… É a caligrafia daquele babaca, não é? E você diz que não sabe onde ele está?"

Evitando os olhos do homem, que havia jogado o maço do manuscrito sobre a mesa com um movimento grosseiro, ela olhou para a lâmpada, que ardia empoada. Pensou que ele ia bater de novo e fechou os olhos.

Não sabe por que se lembrou da fonte naquele momento. Sob as pálpebras, que fechou brevemente, a fonte, em junho, esguichou seus fios de água brilhantes. Ela, com dezenove anos, passando de ônibus pela fonte, fechou os olhos firmemente. Os fragmentos agudos da luz do sol que cada gota de água lançava penetraram em suas pálpebras aquecidas e picaram suas pupilas. Assim que desceu no ponto de ônibus na frente de casa, ela entrou em uma cabine telefônica. Deixou a mochila no chão e depositou as moedas no aparelho, limpando com o punho o suor que escorria da testa. Apertou 114 e esperou. "Vi que está saindo água da fonte, acho que isso não pode ser assim." A voz dela, trêmula, ficou mais clara aos poucos. "Como já está saindo água da fonte? Como está saindo? Acham que é alguma festa? Faz pouco tempo, como pode ser assim?"

"Ele nem sequer deixou um contato para sua família, acha que teria deixado para alguém da editora?"

Ainda piscando, ela falou para o homem:

"Eu não sei, de verdade."

O punho do homem bateu na mesa. Ela, assustada, recuou em direção ao encosto da cadeira. Como se apanhasse mais uma vez, esfregou a maçã do rosto com a palma da mão. Só então, observou, surpresa, a mão manchada de sangue.

Como vou esquecer, ela pensa no escuro.

Como vou esquecer o primeiro tapa?

Os olhos calmos do homem, que a encaravam sem dizer nenhuma palavra no começo, como se estivesse prestes a realizar um trabalho mecânico.

Sentada, pensava consigo: *Será que vai me bater?*, e então ele ergueu a mão.

Ao primeiro choque, pareceu-lhe que os ossos do pescoço haviam se torcido.

Segundo tapa

Antes do horário do almoço, chegou a srta. Park. Usava um casaco curto marrom, como um uniforme escolar do colegial feminino, e tênis. Todo mundo gostava da srta. Park, que diziam ser parente do dono da gráfica, pois ela era afável para a sua idade e tinha um rosto sorridente. "Chegou, srta. Park?" A expressão alegre do redator-chefe, recebendo-lhe com hospitalidade, ao cruzar com os olhos de Eunsuk, que levantou a cabeça enterrada nos papéis que corrigia, logo se endureceu. Com curiosidade, o olhar da srta. Park seguiu o do redator-chefe, parando no rosto dela.

"Meu Deus!"

Ele perguntou meio sorrindo para a srta. Park, que estava espantada.

"Já saiu a encadernação do livro provisório?"

Sem conseguir tirar os olhos do rosto dela, a srta. Park tirou a encadernação do envelope.

"O que houve com o seu rosto?"

Virando-se para o gerente Yoon, a srta. Park perguntou de novo:

"O que houve com o rosto da Eunsuk?"

O gerente Yoon balançou a cabeça, sem resposta, e a srta. Park olhou para o redator-chefe com os olhos arregalados.

"Pois é, eu disse para ela ficar em casa hoje, mas ela é teimosa."

O redator-chefe, de meia-idade, pegou o cigarro e o pôs na boca. Abriu a janela atrás da cadeira, colocou a cabeça para fora e inalou a fumaça até as bochechas ficarem encovadas e a soltou. Era uma pessoa que sempre parecia desalinhada, com qualquer roupa. Uma pessoa que usava pronomes de tratamento sem exceção, até com aqueles que tinham idade para ser seus filhos. Uma pessoa que é proprietário e redator-chefe dessa pequena editora, mas que manda que o chamem apenas de redator-chefe, dizendo que não gosta do título de dono. No colegial, era colega de turma do tradutor, cujo paradeiro foi o assunto do interrogatório do investigador.

Após terminar a conversa com a srta. Park, o redator-chefe disse, apagando o cigarro: "Srta. Kim, quer comer carne? Eu convido. Fraldinha lá no Samgeorijip. Venha você também, srta. Park, se não estiver ocupada".

Eunsuk estranhou o fato de o redator-chefe tornar-se exageradamente simpático. Ocorreu-lhe de repente uma pergunta sobre a qual ainda não havia pensado bem. Ele, antes dela, visitou a delegacia de Seodaemun ontem, de manhã cedo. Como os teria convencido de que não sabia de nada?

"Tudo bem." Ela respondeu, ficando séria. Não tinha como sorrir, porque doeria o rosto.

"Você sabe que não gosto de carne."

"É verdade, a srta. Kim não gosta de carne."

O redator-chefe assentiu com a cabeça lenta e repetidamente.

Não é que não gostasse de carne, mas não suportava o momento em que a carne era grelhada sobre a chapa. Quando o sangue e o suco da carne brotavam na superfície, ela desviava a cabeça. Na hora de assar o peixe com a cabeça, fechava os olhos. Quando, ao esquentar a frigideira, as pupilas congeladas começavam a ficar molhadas, e um líquido esbranquiçado começava a escorrer da boca aberta do peixe, fazendo que parecesse que ia dizer algo, ela virava o rosto.

"Então, o que quer comer, srta. Kim?"

A srta. Park, que estava ouvindo, se intrometeu depressa:

"Eu levarei bronca do chefe se me convidar para algo tão chique assim. Vamos naquele restaurante simples que fomos da outra vez."

Os quatro, incluindo o gerente Yoon, trancaram o escritório e foram para o restaurante instalado numa construção ao lado da churrascaria de Samgeori. Era um lugar onde a dona, que calçava chinelos sem meia no verão, deixando à mostra as unhas do dedão, estragadas e enegrecidas, e sapatos de pelo, acolchoados e coloridos, sobre meias de algodão no inverno, servia comida caseira. Sentados ao lado do forno a óleo, eles esperaram a comida.

"Srta. Park, quantos anos você falou que tinha?"

"Tenho dezenove."

"Você disse que o sr. Jung era seu tio por parte de mãe?"

"Não, é tio por parte de pai. É primo do meu pai."

A srta. Park contou, sorridente, sobre a semelhança que havia entre ambos, mesmo que não fossem parentes próximos, e sobre alguns episódios em que fora confundida com a filha dele por causa disso. O gerente Yoon, que disse que a esposa daria à luz naquele mês, soltava uma risadinha espremida, sem conseguir contê-la, a cada vez que a srta. Park concluía uma frase.

Ao terminar o almoço, o redator-chefe perguntou para ela: "Quer que eu vá ao Departamento de Censura amanhã?" Perguntou sabendo que ela, escrupulosa, recusaria.

"Sempre foi o meu trabalho."

"Mas você já passou por isso ontem, e eu fico me sentindo mal." Ponderando cuidadosamente o fim de sua fala, ela olhou para o rosto do redator-chefe.

Como ele conseguiu sair de lá a salvo? Será que contou apenas verdades? *Eunsuk Kim é a editora responsável. Os dois se encontraram numa padaria à beira do riacho Cheonggue e fizeram a última correção. Fora isso, não sei de nada.* Será que a amargura que se chama consciência apunhalou seu coração, ainda que ele tenha falado apenas a verdade?

"Não, sempre foi o meu trabalho."

Ela repetiu as palavras que falara havia pouco. Sorriu como se imitasse a srta. Park, mas parou ao sentir dor, e virou a cabeça para que a bochecha direita, inchada, não fosse vista pelo redator-chefe.

No escritório, quando todo mundo já havia saído, ela cobriu a maior parte do rosto com o cachecol preto, deixando apenas os olhos de fora. Verificou o aquecedor a óleo mais uma vez, apagou todas as luzes, foi até a caixa de fusíveis e os desligou. Logo antes de empurrar a porta de vidro do escritório escurecido, fechou os olhos por um instante e os abriu, hesitando.

O vento noturno estava frio. A pele ao redor dos olhos, que era a única parte exposta, ardia. Mas não queria pegar o ônibus. Ela gostava de caminhar por cinco paradas de ônibus até sua casa, sem pressa, depois de trabalhar sentada o dia inteiro.

Ela não se esforçou para deixar de lado os pensamentos que surgiam aleatoriamente durante a caminhada.

Aquele homem bateu na minha bochecha direita com a mão esquerda porque é canhoto?

Mas quando jogou o manuscrito, quando entregou a caneta, usou a mão direita, com certeza.

Será que, quando se ataca alguém, é a mão esquerda que se move instintivamente, porque está ligada às emoções?

Sentiu um gosto amargo no fundo da garganta, como acontecia antes de ficar enjoada no carro. Como o enjoo, que se sente simultaneamente na úvula, no esôfago e no estômago, é algo familiar, e como aquela sensação familiar a faz lembrar você, como sempre, ela engoliu a saliva à força. Como não melhorou mesmo depois de engolir a saliva, tirou um chiclete do bolso do casaco e começou a mascar.

A propósito, aquela mão não era pequena quando comparada à de homens normais?

Por entre homens com casaco curto de cor neutra, colegiais com máscara cirúrgica branca e mulheres com as panturrilhas expostas, voltando para casa do trabalho, ela andava com a cabeça abaixada.

Não era uma mão como outra qualquer, não era especialmente grande nem grossa?

Sentindo a bochecha ainda inchada sob o cachecol, ela caminhava. Mascando do lado esquerdo o chiclete que cheirava fortemente a acácia, ela caminhava. Lembrava-se de si mesma à espera daquela mão que viria voando pela segunda vez, prendia a respiração, sem fugir para nenhum lugar, sem falar nada, ela caminhava.

Terceiro tapa

Ela desce no ponto de ônibus em frente ao palácio Deuksu. O cachecol lhe cobre a maior parte do rosto, como ontem. A bochecha escondida sob o cachecol já desinchou. Em vez do inchaço, o machucado avermelhado, do tamanho exato de uma palma, está ali estampado, como uma mancha.

"Com licença."

Quando chegou em frente à prefeitura, um policial à paisana de corpo robusto a para.

"Abra a bolsa, por favor."

Ela sabe que, em situações como essa, tem que deixar de lado uma parte de si por um momento. Uma parte de sua consciência lhe escapa como um papel que se dobra facilmente, seguindo o traço de desgaste feito pelas sucessivas dobras. Ela abre a bolsa sem pudor. Tem lenço, chiclete de acácia, estojo, a encadernação do livro provisório, vaselina para passar nos lábios secos, caderno e carteira.

"Aonde está indo?"

"Vou ao Departamento de Censura. Sou de uma editora."

Ela ergue os olhos e encara o policial à paisana.

Seguindo sua ordem, ela tira a identidade da carteira. Prende a respiração, observa-o revirar a bolsinha de pano, que guarda um absorvente. Como fizeram havia dois dias na sala de interrogatório da delegacia. Como fizeram havia quatro anos, em abril, quando chovia e nevava, no bandejão da universidade, na qual ingressara na segunda tentativa.

Naquele dia ela almoçava um pouco tarde no bandejão. A porta se abriu com grande estardalhaço, e os estudantes entraram correndo. Com gritos, os policiais à paisana também entraram, seguindo-os. Perplexa, segurando a colher, ela observou a cena dos policiais que perseguiam os estudantes — os quais se dispersaram para todo lado no bandejão — e brandindo porretes. Um deles estava especialmente agitado. Parou em frente a um menino sentado sozinho ao lado da coluna, que comia arroz com curry, apanhou a cadeira dobrável à sua frente e a brandiu. O sangue que brotou na testa do menino lhe cobriu o rosto. A colher caiu dos dedos dela. Automaticamente, inclinou-se para alcançá-la e pegou o impresso que estava no chão. As letras grossas lhe entraram pelos olhos. DERRUBE O ASSASSINO DUWHAN JEON.* Naquele momento, uma mão forte a agarrou pelos cabelos, arrancou-lhe o impresso e a tirou da cadeira.

DERRUBE O ASSASSINO DUWHAN JEON.

Ao pensar naquela frase que parece estar cravada no seu coração com uma lâmina quente, ela olha para a foto do presidente afixada na parede de gesso. Como o rosto esconde o interior, ela pensa. Como esconde a insensibilidade, a crueldade, o assassinato. Sentada no banco embaixo da janela, ela tira pedacinhos da cutícula das unhas. Dentro do prédio está quentinho, mas ela não pode tirar o cachecol. A ferida da bochecha, como uma tatuagem, esquenta com o calor do radiador.

O responsável, vestido com um uniforme militar do Departamento de Investigação, chama o nome da editora e ela se aproxima da recepção. Depois de entregar a encadernação do livro provisório que a srta. Park trouxera ontem, diz que, havendo terminado a inspeção, gostaria que lhe devolvessem outro livro que havia entregue a eles fazia duas semanas.

"Espere, por favor."

Embaixo da foto do assassino há uma porta de vidro semitransparente. Ela sabe que, do lado de dentro daquela porta, os inspetores trabalham. Ela imagina a cena, na qual os inspetores de meia-idade, vestidos com uniforme militar, cujos rostos nunca viu, estão sentados a uma mesa cheia de livros

---

* Político sul-coreano que foi presidente da Coreia do Sul de 1980 até 1988. Organizou o golpe de Estado de 1980 contra o governo de Choi Gyuha, que ocupou o cargo de primeiro-ministro do país durante o mandato de Park Chung-hee. Responsável pelo massacre de 18 de maio, até o momento não foi condenado por suas ações.

abertos. O responsável abre aquela porta e entra com o passo de costume, e passados uns três minutos, volta para o seu lugar.

"Assine aqui, por favor."

Quando o responsável lhe entrega o livro de registros, ela hesita. O livro provisório que ele acabara de colocar no balcão lhe pareceu, agora, estranho.

"Assine, por favor."

Após assinar o livro de registros, ela pega a encadernação do livro provisório.

Palavras não são mais necessárias. Eles usaram o bisturi e entregaram o resultado para ela.

Com as costas voltadas para a recepção, ela caminha três, quatro passos. Parada entre as cadeiras, a meio caminho, vira as páginas do livro. É a obra que ela quase decorou por ter digitado, cotejado-a com o original e revisado-a três vezes, e para a qual falta apenas a publicação agora.

A primeira impressão que teve é de que as páginas foram queimadas. Queimadas, tornaram-se carvão.

Buscar um livro provisório em determinada data, depois de tê-lo entregue ao Departamento de Censura, é o trabalho que ela tem repetido a cada mês desde que entrou na editora. Depois de conferir as partes do livro riscadas com tinta preta — em geral três ou quatro, no máximo um pouco mais de dez —, volta ao escritório, desanimada, e encaminha o livro provisório, já revisado, para a gráfica.

Contudo, dessa vez está diferente. Das primeiras dez páginas da introdução desse livro provisório, mais da metade das sentenças está riscada com tinta preta. Nas trinta páginas seguintes, a maioria das sentenças também está riscada. A partir da página 50, não se sabe, talvez, se teria dado muito trabalho riscar linha a linha, eles apagaram páginas inteiras com um rolo embebido em tinta preta. Por causa das páginas encharcadas de tinta, o livro provisório estava inchado, com o formato de um prisma triangular.

Enfiou na bolsa o livro, que parecia um pedaço de carvão prestes a se desmanchar. Como se tivesse colocado ferro, não carvão, a bolsa pesa. Não consegue se lembrar como saiu daquele escritório, como passou pelo corredor e como atravessou o portão onde o policial à paisana estava de guarda.

Não dá para publicar essa antologia de dramas agora. Foi em vão desde o começo.

Ela busca na mente, de trecho em trecho, as sentenças que sobreviveram nas primeiras dez páginas.

Após perdermos vocês, nossos tempos tornaram-se noite.
Nossas casas e ruas tornaram-se noite.
Dentro da noite que não escurece mais, nem clareia novamente,
nós comemos, andamos, dormimos.

Ela pensa nas sentenças costuradas grosseiramente, nos lugares riscados de preto, nos parágrafos inteiros, nas palavras que revelavam suas formas ao acaso. *De você. Eu. Aquilo. Talvez. Logo. Nosso. Todas as coisas. Você. Por quê? Olhamos. Seus olhos. De perto e de longe. Aquilo. Claramente. Agora. Um pouco mais. Vagamente. Por que você. Lembrou?* Entre as sentenças que se tornaram carvão, ela toma um fôlego profundo. Como está saindo água da fonte? Acham que é alguma festa?

Com as costas viradas para a negra estátua de bronze do general que porta uma espada, ela anda sem parar. Como não consegue respirar com o cachecol lhe cobrindo o rosto, ao caminhar expõe a maçã do rosto vermelha, que arde.

Quarto tapa

Depois do terceiro tapa, veio voando o quarto. Ela esperava a mão do homem vir voando. Não, esperava a mão do homem parar. Não, não esperava nada. Apenas apanhou. Apanhou, sem revidar, o quanto o homem bateu. Aquilo ela tem que esquecer. Esquecerá do quarto tapa hoje.

Na pia do fim do corredor do escritório ela abre a torneira e molha as mãos com água fria. Depois de usar as mãos molhadas para ajeitar o cabelo, encaracolado mesmo sem o auxílio do permanente, prende-o bem firme com um elástico preto.

Ela não se maquia. Não passa nada nos lábios além de vaselina. Não faz nada que deixe a pele parecer deslumbrante, não veste roupas fascinantes, não calça sapatos de salto alto, não usa perfume. Hoje é sábado, dia em que termina o trabalho a uma hora da tarde, mas não tem namorado com quem possa almoçar. Não tem nem os amigos que fez na faculdade. Ela voltará para casa em silêncio, como sempre. Comerá arroz frio ensopado em água quente e dormirá. Durante o sono, esquecerá o quarto tapa.

O corredor por onde caminha até o escritório, depois de sair da pia, não tem uma boa iluminação mesmo durante o dia. "Eunsuk Kim!" Ao prazeroso chamado, ela levanta a cabeça. Logo reconhece o passo animado do professor Seo, que segue em sua direção com as costas viradas para a luz da pequena janela. Ele a cumprimenta com a voz sonora.

"Tudo bem, Eunsuk?"

Tudo bem? Quando ela o cumprimenta com os olhos, o professor Seo arregala os seus atrás dos óculos de armação de plástico marrom.

"Nossa, o que houve com o seu rosto?"

"Machuquei um pouco."

"Mas como, no rosto..."

Ao vê-la hesitar, ele muda afavelmente de assunto.

"O sr. Moon está?"

"Ele não veio hoje, disse que tinha um casamento."

"Ué, ontem à noite, pelo telefone, ele disse que estaria no escritório."

Ela abre a porta do escritório, taciturna.

"Por favor, entre, professor."

Sua bochecha treme enquanto guia o professor até a mesa da recepção, arrumada com um tecido rendado cor de marfim. Ela entra na copa. Coloca, primeiro, uma mão sobre a bochecha direita, onde sente uma pontada, depois a outra na bochecha esquerda, que está tensionada. Procurando manter-se calma, liga a cafeteira. Não sabe por que suas mãos estão trêmulas, como se tivesse sido pega mentindo, quando não foi ela que transformou aquele livro em carvão. Por que o redator-chefe, não o dono, não está aqui agora? Será que não veio de propósito para evitar essa situação desconfortável?

"Moon só soltava suspiros ontem à noite no telefone... Vim para ver com meus próprios olhos quanto foi censurado."

O professor Seo fala para ela, que estava colocando uma xícara do café na mesa:

"Mesmo que não consiga publicar o livro, faremos a peça. As mesmas pessoas censurarão o roteiro, então temos que dar um jeito de passar, apagando ou corrigindo as partes que causaram problema."

Ela vai até sua mesa e abre a última gaveta. Pega o livro provisório com as duas mãos e o coloca sobre a mesa. Senta-se diante do professor Seo, que sempre está com um sorriso amigável. Ele parece surpreso, mas logo começa a dar uma olhada no livro provisório com calma. Vira as páginas, conferindo cada parte que foi esmagada pelo rolo de tinta.

"Desculpe, professor."

Olhando a mão dele pousada na última página, onde consta os créditos da edição, ela fala:

"Desculpe mesmo. Não tenho o que dizer."

"Eunsuk Kim."

Ela ergue os olhos e olha para o rosto perplexo dele.

"Como assim, Eunsuk?"

Assustada, ela enxuga os olhos. Não chorou, mesmo depois de ter levado sete tapas. Não pode entender por que as lágrimas escorrem agora, de repente.

"Desculpe."

Ela fala, limpando depressa com as duas mãos as lágrimas que escorrem continuamente, como em uma fonte pegajosa.

"Desculpe mesmo, professor."

"Por que você está assim? Por que está me pedindo desculpas?"

O professor Seo pousa o livro provisório na mesa. A mão dela, tentando puxar o livro para si, derruba a xícara de café sem querer. A mão do professor Seo ergue o livro agilmente, para que não molhe. Como se ainda tivesse restado algo dentro do livro censurado.

Quinto tapa

Tinha planejado dormir até tarde porque era domingo, mas, como sempre, acordou antes das quatro.

Ficou sentada no escuro por um momento e depois foi para a cozinha. Tomou um golinho de água fria e começou a lavar roupa, porque não queria dormir mais. Colocou as meias de cores claras, toalhas e camisetas brancas na pequena máquina de lavar e a ligou. Lavou à mão o suéter cinza-escuro e as roupas íntimas e os estendeu na cesta de vime. Resolveu deixar a calça jeans no cesto de roupas sujas até que outras peças coloridas se acumulassem.

Encolhida no chão da cozinha, ouvindo o barulho repetitivo da máquina de lavar roupa, sentiu-se sonolenta de novo.

Bom, vou dormir.

Entrou no quarto e fechou os olhos; retesada sobre o piso de linóleo duro, seu torso começou a cair lentamente. Não conseguia se mover, tampouco gemer. Quando a lenta descida parou, o espaço começou a encolher. Algo como uma enorme parede de cimento pressionava e comprimia seu peito, sua testa, suas costas e sua nuca ao mesmo tempo.

Tomando de uma só vez um fôlego profundo, abriu os olhos. Ouvia-se o barulho da máquina de lavar no processo final de centrifugação. Esperou no escuro um pouco mais, e, então, a máquina parou, como se suspirasse fundo, e seguiu-se um apito agudo.

Sem erguer o corpo, ela permaneceu no mesmo lugar, com os olhos abertos mirando o escuro. Ainda não havia conseguido esquecer os quatro tapas, mas tinha que esquecer o quinto tapa hoje. O quinto tapa, quando pensou: *Não vou mais contar.* O quinto tapa, quando sentiu a pele esfolar-se com ardência e quando o sangue deve ter começado a brotar da maçã do seu rosto.

Estendeu as roupas no varal junto à pia e voltou para o quarto, mas ainda estava longe de amanhecer. Organizou a mesinha do chão que usava como penteadeira e descansou as mãos por um momento em frente ao espelho instalado sobre a mesinha. O interior do espelho era um mundo calmo e frio, como sempre. Ela encarou com descuido o rosto familiar que olhava para ela daquele mundo, a bochecha ainda machucada, arroxeada.

Houve uma época em que todo mundo falava que ela era bonitinha. *Que bonitinha você é... os olhos, o nariz e a boca um pouquinho salientes, e o cabelo parece o de uma dançarina negra... você deve poupar por não precisar fazer permanente no cabeleireiro.* Mas o verão dos dezenove anos passou e ninguém mais lhe falava aquelas coisas. Agora tem vinte e quatro anos, e as pessoas esperam que ela seja amável. Esperam que as bochechas sejam coradas como maçãs, a alegria da vida brilhante se acumule nas covinhas de suas bochechas graciosas. Mas ela mesma desejava envelhecer rápido. Desejava que a maldita vida não se estendesse muito.

Limpou todas as partes do quarto com um pano molhado. Lavou o pano, estendeu-o e voltou a se sentar à mesa, mas ainda está longe de amanhecer. Sentada, sem ler nada, sentiu fome. Pegou o arroz que a mãe tinha enviado e sentou-se de novo à mesa. Ela pensou, mastigando os grãos de arroz em silêncio. Tem algo de vergonhoso no ato de comer. Em meio à vergonha já conhecida, pensou nas pessoas que haviam morrido. Essas pessoas não sentirão fome nunca, pois não têm vida. Mas ela, como tinha vida, sentia fome. Era isso que a fazia sofrer insistentemente nos últimos cinco anos. Sentir fome e ter apetite diante da comida.

No inverno daquele ano em que não passara na prova para entrar na universidade e que não saía de casa, sua mãe lhe disse: "Você não poderia apenas viver com coragem? Estou sofrendo por você. Esqueça simplesmente tudo e entre na faculdade, conquiste-a e se case com alguém, como todo mundo... Não poderia me ajudar com meu fardo, agindo assim, por favor?".

Por não querer ser um fardo para ninguém, voltou a estudar. Com a intenção de partir para o lugar mais longe possível, candidatou-se à universidade em Seul. É claro que aquele local não era um refúgio. Policiais à paisana sempre rondavam pelo campus, e os estudantes eram levados à força pelos militares e inscritos no posto de fronteira. Com frequência, não se podia fazer assembleias, dado o alto risco. Era uma luta na qual se arriscava a vida. Quando as janelas da biblioteca principal eram quebradas pelo lado de dentro e uma faixa comprida era estendida ao longo das paredes externas, isso era um sinal. DERRUBE O ASSASSINO DUWHAN JEON. Um estudante, com a ponta de uma corda amarrada na cintura e a outra presa a uma coluna no terraço, jogava-se do telhado para ganhar tempo, enquanto um policial subia e puxava a corda. Pendurado na corda, o estudante distribuía os panfletos e gritava o lema, e cerca de trinta ou quarenta jovens, homens e mulheres, criavam um tumulto e cantavam na praça em frente à biblioteca. A repressão era agressiva e rápida, e nenhuma canção prosseguia até o final. Nos dias em que você observava aquilo de longe, dormia mal à noite. Mesmo depois de conseguir adormecer, tinha pesadelos e acordava.

Num mês de junho, no dia em que terminou a prova final do primeiro semestre, seu pai teve um derrame que lhe paralisou o lado direito do corpo. Sua mãe encontrou um trabalho de atendente em uma drogaria por intermédio de uns conhecidos e passou a sustentar a casa. Ela trancou a faculdade. Cuidava do pai durante o dia e, depois que a mãe voltava para casa, trabalhava embrulhando pães e servindo clientes em uma padaria no centro até as dez da noite, o horário em que o estabelecimento fechava. Dormia um pouco e acordava de madrugada para fazer marmitas para os dois irmãos. No ano seguinte, quando seu pai passou a se movimentar e a se alimentar sem ajuda, voltou para a faculdade, mas a trancou outra vez, para economizar o que gastaria com as despesas estudantis. Depois de completar, de modo intermitente, o segundo ano da faculdade, acabou por desistir, entrando na pequena editora por recomendação de um professor.

Sua mãe afligia-se muito com essa situação, mas ela própria não pensava desse modo. Ainda que a condição de sua família não tivesse piorado, não poderia terminar a faculdade mesmo assim. Pois teria, por fim, participado do tumulto daqueles jovens estudantes. Teria permanecido nele até o final. Mais que tudo, teria temido a possibilidade de ser a única a sobreviver.

Não que tivesse tentado sobreviver desde o início.

Naquele dia, depois de trocar de roupa em casa, ela saiu pelo portão escondida da mãe e voltou ao Sangmuguan. Era por volta da hora crepuscular. Como a entrada do auditório estava fechada e não havia ninguém ali, ela seguiu para o Docheong. Não havia nenhum sinal de pessoas no corredor da Sala de Serviço de Petição Civil. Alguns cadáveres, que pareciam ter sido abandonados pelo exército civil, decompunham--se em meio ao miasma, dispostos da mesma forma em que Sunjoo e ela os haviam deixado.

Quando foi para o prédio anexo, havia pessoas no lobby. A universitária que ela tinha visto na equipe culinária do refeitório a chamou.

"As mulheres estão reunidas no segundo andar."

Quando entrou na pequena sala no fim do corredor do segundo andar, seguindo a universitária, as mulheres estavam discutindo.

"Acho que nós também temos que receber armas. É preciso que mais pessoas lutem, mesmo que seja só mais uma."

"Mas quem poderia nos obrigar? Vamos fazer assim: só quem quiser receberá uma arma. Só quem estiver determinada."

Encontrou Sunjoo sentada na ponta da mesa, apoiando o queixo em uma mão, e foi até ela, sentando-se ao seu lado. Sunjoo lhe sorriu em silêncio. Não falou muito naquela reunião, como sempre, mas, ao findar a discussão, disse calmamente que escolheria receber uma arma.

Eram onze horas da noite quando Jinsoo bateu na porta e entrou na sala. Sempre o tinha visto carregar um radiocomunicador, mas era a primeira vez que o via portar uma arma, e isso lhe causou uma sensação estranha. "Poderiam ficar só três pessoas?", ele falou. "O resto, volte pra casa, por favor."

As três pessoas que quiseram receber armas na discussão de há pouco naturalmente adiantaram-se.

"Nós também queremos ficar juntas até o final."

A universitária da equipe da cozinha, que a havia trazido do primeiro andar, disse: "Viemos para ficar juntas".

76

Ela não conseguia se lembrar claramente como Jinsoo convencera as mulheres depois disso. Talvez tenha esquecido por não querer lembrar. Recordou vagamente a fala dele, de que, se deixasse as mulheres no Docheong e as fizesse morrer juntas, o exército civil ficaria desonrado, mas não tinha certeza, honestamente, se aquela fala a tinha convencido. Pensou que podia morrer, porém, ao mesmo tempo, queria evitar a morte. Pensou que se tornara insensível por ter visto muitos mortos e sentiu mais medo por causa disso. Não queria morrer com a boca aberta, com o corpo perfurado, derramando o intestino translúcido.

Entre as três mulheres que resolveram ficar, Sunjoo recebeu uma carabina para autodefesa. Depois de escutar uma explicação simples sobre seu manejo, Sunjoo carregou a arma no ombro desajeitadamente e desceu para o primeiro andar, seguindo as duas universitárias, sem se virar para cumprimentá-la. Jinsoo lhes disse:

"Façam as pessoas saírem de suas casas, por favor. Para encher a frente do Docheong de cidadãos assim que amanhecer. Nós vamos aguentar de qualquer maneira só até o período da manhã."

O resto das mulheres saiu do Docheong a uma da madrugada. Jinsoo as acompanhou até o beco da igreja Namdong, junto com outro universitário. Na entrada do beco mal iluminado pelos postes de luz, eles pararam.

"Espalhem-se aqui, por favor. Entrem em qualquer casa e se escondam."

Se ela tinha espírito, ele foi quebrado nesse instante. No momento em que Jinsoo, com a camiseta molhada de suor, carregando a carabina, sorriu para cumprimentar as mulheres. No momento em que observou, congelada, as costas deles, enquanto retornavam ao Docheong, caminhando pela rua escura. Não, já havia sido quebrado quando te viu antes de sair do Docheong. Encontrou-te com a cabeça inclinada, carregando uma arma no ombro pequeno de menino, que ainda vestia o casaco do uniforme da escola por sobre o de ginástica azul-claro, e te chamou, assustada. "Dongho! Por que não voltou para casa?" Postou-se na frente do jovem que lhe explicava como manusear a arma. "Esse menino é do ensino secundário. Tem que mandar ele para casa." O jovem pareceu surpreso. "Ele falou que era do segundo ano do colegial, e eu acreditei... Quando mandamos embora os estudantes até do primeiro ano de colegial há pouco, ele não foi embora." Ela protestou em voz baixa. "Não acredito! Como vocês acham que este rosto aqui é de um estudante do colegial?"

Quando Jinsoo desapareceu completamente no escuro, as mulheres começaram a se espalhar. A universitária da equipe culinária lhe perguntou: "Conhece alguma casa aqui perto?". Ela negou, e a universitária lhe deu uma sugestão: "Venha para o Hospital Universitário de Jeonnam comigo. A minha prima por parte de mãe está internada lá".

O lobby do Hospital Universitário estava escuro e o portão, fechado. Bateram na porta por algum tempo, e um guarda saiu com uma lanterna. A enfermeira-chefe também veio logo atrás. Os dois pareciam tensos. Tinham pensado que eram os soldados que haviam chegado.

As luzes dos corredores e das escadas de emergência também estavam apagadas. Seguindo o guarda, que carregava uma lanterna, entraram na sala para seis pacientes, onde a prima da universitária estava internada. Dentro da sala com as janelas tapadas por cobertores de algodão estava muito escuro. Os pacientes e seus cuidadores estavam acordados no escuro. A tia da universitária perguntou num sussurro, segurando a mão da sobrinha: "O que vamos fazer? Falaram que os soldados vão vir, não? Falaram que vão matar todos os feridos com arma de fogo, né?".

Quando ela sentou, apoiando-se na parede sob a janela, um homem, que parecia cuidador do paciente da cama do lado, falou:

"Não senta perto da janela, é perigoso."

Não se via o rosto dele por causa da escuridão.

"É que, no dia em que os soldados se retiraram, as balas voaram para cá e furaram as roupas penduradas ao lado da janela. Imagina o que teria acontecido se fosse uma pessoa."

Ela se afastou dois passos da janela e se sentou.

A enfermeira vinha a cada vinte minutos com uma lanterna, porque tinha um paciente em estado grave, com a respiração instável. Cada vez que a luz, como um projetor, passava pela sala, apareciam os rostos endurecidos de medo dos pacientes e dos cuidadores. "O que vamos fazer? Os soldados realmente vão invadir até este hospital? Se vão matar todo mundo a tiros, a gente não tem que sair do hospital assim que amanhecer? Faz só um dia que sua prima acordou, o que vamos fazer se os pontos arrebentarem?" Cada vez que a tia perguntava, a universitária respondia murmurando, em voz cada vez mais baixa: "Eu também não sei, tia".

Não se soube quanto tempo se passou. Ao ouvir a voz frágil que falava ao longe, ela virou a cabeça para a janela. A voz de uma mulher com megafone se aproximava aos poucos. Não era Sunjoo.

"Cidadãos! Venham para o Docheong, por favor. O exército da lei marcial está entrando no centro agora."

Ela sentiu o silêncio inflar-se, como um enorme balão, em direção aos cantos da sala. Quando um caminhão passou pela rua da frente do hospital, a voz aumentou e ficou mais clara.

"Nós lutaremos até o fim. Saiam e lutem conosco, por favor."

Mal se passaram dez minutos desde que aquela voz se afastara, ouviu-se o barulho dos soldados. Ela nunca tinha ouvido nada parecido. O barulho dos passos de milhares de coturnos militares, firmes e sincronizados. O barulho do veículo militar blindado, dando a impressão de que as ruas iam se partir e as paredes desmoronar. Ela enterrou a cabeça entre os joelhos. Em alguma cama, um paciente jovenzinho pediu, desesperado: "Mãe, fecha a janela". "Fechei." "Mas fecha firme." "Fechei firme mesmo." Depois de finalmente cessarem aqueles barulhos, eles começaram a ouvir a emissão da rua. Era um som distante, a vários quarteirões dali, atravessando o silêncio do centro da cidade. "Pessoal! Saiam agora, por favor. O exército da lei marcial está entrando."

Quando se ouviu um tiro, vindo da direção do Docheong, ela não estava adormecida. Nem tapou os ouvidos, nem fechou os olhos. Nem oscilou, nem gemeu. Apenas lembrou de ti. Quando tentou te levar, fugiste pelas escadas agilmente. Com o rosto amedrontado, como se fugir fosse a única maneira de sobreviver. "Vamos, Dongho. Vamos sair agora mesmo." Tu tremeste, de pé, segurando o corrimão do segundo andar temerosamente. Quando seus olhos se cruzaram pela última vez, por querer viver, por medo, suas pálpebras tremeram.

Sexto tapa

"Como ele planeja passar pela censura?", o redator-chefe murmurou, olhando o convite que um menino, que dissera ser da equipe do corpo de assistentes da companhia teatral do professor Seo, acabara de deixar. Parecia que havia falado consigo mesmo, mas era uma pergunta para ela.

"Será que ele está reescrevendo o roteiro desde o começo? Não faltam nem duas semanas para a apresentação. Como vão ensaiar?"

O plano dele e do professor Seo era publicar a antologia de dramas nessa semana e fazer a crítica ser impressa na sessão de arte literária do jornal diário na próxima. Era uma boa oportunidade para a companhia teatral fazer a propaganda da exibição da peça. E o gerente Yoon venderia o livro na entrada do teatro durante a apresentação. Contudo, como a publicação malogrou por causa da censura, era natural que a peça com o mesmo conteúdo malograsse também. Não se sabia qual era a estratégia, mas o professor Seo distribuiu os convites como o planejado.

A porta do escritório se abriu com um estrondo. O gerente Yoon entrou com a caixa dos livros nos braços. A lente dos óculos estava embaçada por causa do calor.

"Alguém tire os meus óculos aqui, por favor."

Ela correu e tirou os óculos de Yoon, que largou a caixa dos livros ao lado da mesa de recepção, tomando um fôlego profundo, de uma só vez. Ela abriu a caixa com um canivete e retirou dois exemplares. Levou um para o redator-chefe e deu uma olhada no outro. Em vez do nome do tradutor procurado, o livro trazia o nome de um parente do redator-chefe, que ele dissera ter imigrado para os Estados Unidos. Apenas dois parágrafos desse livro, que os tinha deixado preocupados, foram suprimidos, e o livro foi entregue à gráfica sem dificuldade.

Ela forrou a mesa com duas camadas de jornal e retirou os volumes da caixa junto com Yoon. Enfiou o livro, com o release, nos envelopes impressos com o logo da editora, ordenando-os, a fim de distribuí-los aos veículos de imprensa na manhã do dia seguinte.

"Ficou bom."

O redator-chefe falou como se conversasse consigo mesmo. Depois de fingir uma tosse, disse, agora para ela:

"Ficou muito bom. Podem voltar para casa mais cedo hoje."

O redator-chefe tirou os óculos de leitura e levantou. Pôs o casaco nos ombros e ficou sem jeito por não conseguir enfiar o braço direito na manga. Parecia que os ombros artríticos tinham piorado com a chegada do inverno. Ela parou a organização e se aproximou dele, ajudando-o a enfiar o braço.

"Obrigado, srta. Kim."

Ela fitou os olhos dele, que pareciam temerosos, e o pescoço, mais enrugado do que deveria para a idade. Pensou de repente na razão pela qual uma pessoa frágil e tímida como ele mantinha relações próximas com os escritores vigiados pelo governo e continuava a publicar constantemente livros que chamavam a atenção da censura.

Depois que o gerente Yoon saiu, seguindo o redator-chefe, ela ficou sozinha no escritório.

Sem querer voltar para casa cedo, sentou à mesa com o livro novo à sua frente. Tentou se lembrar do rosto do tradutor, mas, por algum motivo, não conseguia recordar detalhes de sua aparência. Experimentou passar mão na bochecha direita, recuperada da contusão, e não doeu. Apertou com a ponta dos dedos, sentiu um estímulo ligeiro que era difícil dizer se era dor.

O novo livro era da área de humanidades, dedicado ao estudo das multidões. O escritor era inglês, e a maioria de seus exemplos era da Europa moderna. A Revolução Francesa, a Guerra Civil Espanhola, a Segunda Guerra Mundial. A parte relativa à revolta de 1968, que corria o risco de ser censurada, fora retirada com antecedência pelo tradutor. Prometendo uma edição completa e revista no futuro, ele escreveu no prefácio:

Ainda não está claro qual o fator decisivo que influencia a moralidade da multidão. O interessante é que, independentemente do nível da moralidade dos indivíduos que formam a multidão, ocorre um tipo de onda moral no lugar. Algumas multidões não hesitam em pilhar lojas, assassinar, estuprar, enquanto outras apresentam um altruísmo e uma coragem que seriam difíceis de ser apresentados por indivíduos isolados. Não que os indivíduos que pertençam ao segundo tipo de multidão sejam necessariamente sublimes, mas a sublimidade que o ser humano possui por natureza é realizada através da força da multidão; tampouco é o caso de os indivíduos do primeiro tipo de multidão serem especialmente bárbaros, mas a barbárie original do ser humano é potencializada por meio da força da multidão.

O parágrafo seguinte não foi impresso integralmente por causa da censura. Então as questões que sobraram para nós são estas: *O que é ser humano? O que temos que fazer para o ser humano não deixar de ser humano?* Ela lembrou das quatro sentenças seguintes riscadas com tinta preta. Lembrou-se do queixo gordo, do casaco marrom velho, do rosto pálido amarelado. Lembrou das unhas longas e enegrecidas que acariciavam o copo de água. Mas nunca se lembrou claramente dos detalhes do seu rosto.

Ela fechou o livro e esperou. Esperou que escurecesse lá fora.

Ela não acreditava no ser humano. Não confiava completamente em certas expressões faciais, certas verdades, certas frases elegantes. Sabia que tinha que viver em meio a dúvidas persistentes e perguntas frias.

Naquela manhã, não jorrava água da fonte. Os soldados, que carregavam armas de fogo, trouxeram novos cadáveres para se juntar aos mortos jogados na frente do muro do Docheong, arrastando-os pelas pernas. As costas e a nuca dos cadáveres saltavam, raspando no chão, sem qualquer respeito. Alguns soldados estenderam uma lona, segurando-a nas quatro pontas, e varreram de uma só vez uns dez cadáveres para cima dela, saindo em seguida do quintal do Docheong. Quando caminhava, espiando pelo canto do olho aquela cena à distância, três soldados se aproximaram dela rapidamente e apontaram as armas para o seu peito. "De onde você está vindo?" "Fui visitar uma tia no hospital e agora estou voltando pra casa." Seu lábio tremia enquanto ela respondia com serenidade.

Andou com as costas viradas para a praça, seguindo a ordem deles, e quando chegou na entrada da feira Daein, os enormes veículos militares blindados passaram pela avenida, estrondeando. É para mostrar que tudo acabou, ela pensou brevemente. Que mataram todos.

O bairro dela, próximo à universidade, estava quieto, sem sinal de gente, como se tivesse passado por uma epidemia. Ao apertar a campainha, o pai saiu correndo, veloz, e a fez entrar, trancando o portão. Depois de escondê-la no sótão, pôs o guarda-roupa em frente à porta do cômodo, para acobertá-la. À tarde, começou a se ouvir o barulho dos passos dos soldados. Ouvia-se o ruído de portas sendo abertas e de gente arrastada, de alguma coisa se quebrando, de súplicas. "Não, meu filho não participou do protesto, nunca tocou em uma arma de fogo." Eles apertaram a campainha da casa dela também. O pai respondeu com uma voz estrondosa que ressoou no quintal. "Nossa filha está no terceiro ano do colegial. Meus filhos estão no ensino secundário e no primário agora; quem teria participado do protesto?"

Quando ela desceu do sótão à noite, no dia seguinte, a mãe disse que as carroças de limpeza pública da prefeitura tinham levado os cadáveres para o cemitério público. Disse que também levaram os caixões e os cadáveres não identificados, além dos defuntos jogados na frente da fonte.

Abriram as escolas e os escritórios públicos. As lojas que tinham fechado também reabriram. Como a lei marcial continuou, era proibida a circulação depois das sete horas da noite. Mesmo antes do horário da proibição, com frequência os policiais faziam fiscalizações e inspeções arbitrariamente, e as pessoas que não portavam a carteira de identidade eram levadas.

Para compensar as aulas perdidas, a maioria das escolas estendera os cursos até o começo de agosto. Ela ligava para o Departamento de Petição Civil no telefone público ao lado do ponto de ônibus todos os dias, até começarem as férias escolares. "Acho que não pode sair água da fonte. Desligue a água, por favor." O receptor ficava pegajoso com o suor da palma de sua mão. "Está bem, vamos discutir isso." Os funcionários do Departamento de Petição Civil a atendiam com paciência. Apenas uma vez uma funcionária com idade avançada disse: "Pare de ligar, senhorita. Você é estudante, não? O que quer que a gente faça com a fonte? Esqueça tudo e agora volte a estudar".

Fora da janela já escurecia, e partículas branquinhas começavam a flutuar.

Era hora de se levantar, mas ela permaneceu sentada. Os flocos de neve pareciam leves e macios como farinha de arroz recém-moída. Entretanto, ela pensou que aquilo não podia ser bonito. Hoje é o dia de esquecer o sexto tapa, mas a bochecha já tinha sarado e ela quase não sentia nenhuma dor. Por isso, não precisava esquecer o sétimo tapa amanhã. Não viria o dia de esquecer o sétimo tapa.

Os flocos de neve

No escuro, o palco se ilumina aos poucos. Uma mulher em seus trinta anos, alta e magra, está de pé no centro do palco, vestida com uma saia branca de algodão de textura áspera. Quando a mulher vira a cabeça sem dizer nada e olha para o lado esquerdo do palco, um homem esguio, de preto, aproxima-se do centro, carregando um esqueleto em tamanho natural nas costas. Movimenta os pés descalços lentamente, como se deslizasse no vazio.

A mulher vira a cabeça de novo sem dizer nada e olha para o lado direito do palco. Dessa vez, um homem baixo e robusto, de preto, caminha em direção ao centro, carregando um esqueleto em tamanho natural nas costas. Os dois homens entram pelos dois lados, deslizando como se fosse um filme em câmara lenta, e cruzam-se no centro, fingindo não se ver e avançando para os lados opostos, respectivamente.

O teatro está cheio, sem nenhum assento desocupado. Por ser a primeira apresentação, a maioria das pessoas sentadas nas primeiras filas parece ser do teatro ou da imprensa. Quando ela olhou para trás, antes de se acomodar no seu assento, ao lado do redator-chefe, uns três ou quatro homens, supostamente policiais à paisana, estavam sentados na plateia, separados uns dos outros. O que o professor Seo pretende fazer?, pensou ela. Se as linhas que foram suprimidas no Departamento de Censura saírem da boca dos atores, aqueles homens vão se levantar? Subirão no palco rapidamente e prenderão os atores? Como brandiram a cadeira contra o menino que estava comendo curry no bandejão. Como bateram na face dela, sete vezes, até que sua cabeça se dobrasse para trás. O que acontecerá com a equipe de produção, que provavelmente está observando da sala de iluminação? Será que o professor Seo vai ser preso ou conseguirá fugir, tornando-se uma pessoa difícil de encontrar?

Quando os homens desaparecem com passos lentos, como em um sonho, a mulher começa a falar. Não, apenas parece que começou a falar. Não, a mulher não fala nada. Está apenas mexendo ligeiramente os lábios, sem som. Ela consegue ler aqueles lábios com clareza. Pois ela mesma digitou o roteiro que o professor Seo escrevera à caneta no papel e o revisou três vezes.

Depois que você morreu, por eu não ter podido fazer um funeral. Minha vida tornou-se um funeral.

A mulher vira de costas. Ao mesmo tempo, a iluminação recai no corredor comprido, no meio da plateia. Um homem robusto em andrajos de estopa está de pé no fim do corredor. Respirando asperamente, ele caminha em direção ao palco. Diferente dos outros homens cujos rostos e movimentos eram imperturbáveis, o rosto dele está confrangido. Os dois braços estendem-se e se erguem para o vazio, com força. Seus lábios se mexem como se ele fosse um peixe fora da água. Nas partes nas quais a voz deveria ficar aguda, sai um som de *queek*, *quik*, como um gemido. Ela lê aqueles lábios também.

Ei, volta.
Eeeei, volta agora que estou chamando o teu nome.
Não podes demorar mais. Volta agora.

Depois da primeira reação perturbada da plateia, agora os espectadores fixam os olhos nos lábios dos atores, em severo silêncio e concentração. A luz que iluminava o corredor escurece. A mulher no centro do palco vira o corpo para a plateia. Fita o homem que está vindo, chamando almas, sem som. Abre os lábios e os mexe, ligeiramente.

Depois que você morreu, por eu não ter podido fazer um funeral,
Os meus olhos, que tinham visto você, tornaram-se um templo.
Os meus ouvidos, que tinham ouvido você, tornaram-se um templo.
Os meus pulmões, que tinham inspirado o seu fôlego, tornaram-
-se um templo.

Enquanto a mulher mexe os lábios, emitindo ruídos, *queek*, *quik*, em direção ao vazio, como se sonhasse com os olhos abertos, o homem em andrajos de estopa sobe no palco. Balançando os dois braços no ar, roça o ombro da mulher.

As flores da primavera, os salgueiros, as gotas de chuva e os flo-
cos de neve tornaram-se um templo.

*As manhãs que vêm todo dia, as noites que vêm todo dia torna-
ram-se um templo.*

A iluminação brilhante jorra novamente nos espectadores.
Quando, de seu assento, na parte da frente, ela vira a cabeça
para trás, um jovenzinho, parecendo ter uns onze, doze
anos, está de pé no corredor, sem ter sido percebido até então. Vestido com um uniforme de ginástica branco de manga
curta e com tênis branco, aperta a pequena cabeça de um esqueleto contra o peito, como se estivesse com frio. Quando o
menino começa a caminhar em direção ao palco, os atores, engatinhando como animais, aparecem em manadas no fundo
do corredor escuro e o seguem. Aquela manada, de umas dez
pessoas, homens e mulheres, marcha com os cabelos soltos,
pendendo grotescamente. Balançam a cabeça, mexem os lábios sem parar, sem descansar, gemem, *queek*, *queek*. Ultrapas-
sam o menino hesitante e, virando-se para trás repetidas vezes,
sempre que o som aumenta, eles chegam primeiro às escadas
em frente do palco.

Enquanto observa aquela cena com a cabeça voltada para trás,
seus lábios movem-se levemente, sem que ela perceba. Sem
usar a voz, como que imitando os atores, chama: "Dongho!".

Um jovem do fim do séquito vira o corpo abaixado e agarra
a cabeça do esqueleto que está com o menino. O esqueleto
é passado de mãos em mãos, pendentes, até chegar em uma
velha com o corpo dobrado como a letra *guiyeok* na primeira
fila do séquito. A velha, com o cabelo grisalho comprido e
solto, abraça o esqueleto e sobe no palco. A mulher com roupa
branca, que estava no centro do palco, e o homem de andrajos
de estopa lhe abrem o caminho com calma.

Agora, a única pessoa em movimento é a velha.

Como o passo é bem lento e calmo, a tosse de um espec-
tador soa como se fosse de um mundo externo, longínquo.

Nesse instante, o menino começa a se mover. O menino corre para o palco em um instante e gruda-se nas costas curvadas da velha. Segue atrás dela furtivamente, como uma criança carregada nas costas, como um espírito.

"Dongho!"

Ela morde firmemente o lábio inferior. Vê as bandeirinhas de pêsames coloridas despencarem do teto do teatro. Os atores que estavam em grupo, embaixo do palco, como animais de quatro patas, endireitam as costas de repente. A velha cessa seu passo. O menino que estava grudado como uma criança às suas costas vira-se em direção à plateia. Ela fecha os olhos para não ver direito aquele rosto.

> Depois que tu morreste, por não ter podido te fazer um funeral, minha vida tornou-se um funeral.
> Depois que tu foste levado por uma carroça de limpeza pública, embrulhado na lona.
> Depois que a água imperdoável jorrou brilhante da fonte.
> A luz do templo estava em chamas em todo lugar.
> Dentro das flores da primavera, dos flocos de neve. Dentro das noites que vêm todo dia. As luzes da chama das velas que tu colocaste nas garrafas de refrigerante.

Ela arregala os olhos sem limpar as lágrimas, como pus quente. Fixa os olhos no rosto do menino que mexe os lábios em silêncio.

4.
Ferro e sangue

Era uma caneta esferográfica normal. Caneta preta da Monami. Mandaram torcer meus dedos com ela, intercalados, como uma trama.

Claro que era a mão esquerda. Pois eu tinha que escrever o inquérito com a mão direita.

Sim, torceram desse jeito aí. E na outra direção também.

No começo dava para aguentar. Mas como faziam no mesmo lugar todo dia, a ferida piorou. Escorria uma mistura de sangue e pus. Depois, apareceu o osso branco. Quando surgiu o osso, colocaram um algodão molhado com álcool.

Na cela onde eu estava confinado, havia uns quarenta homens, e mais da metade estava com um algodão no mesmo lugar. Era proibido conversar. Olhávamos uns para os outros por um instante e desviávamos a vista.

Eu também pensei nisso. Apareceu o osso, vão parar por aqui. Não foi isso que aconteceu. Sabendo que seria mais doloroso, tiraram o algodão e apertaram mais com a caneta, esmagando-os.

As cinco celas fechadas com grades de ferro se estendiam em forma de leque, e os soldados, carregando armas de fogo, nos vigiavam do centro. Quando fomos empurrados para as celas pela primeira vez, ninguém entre nós abriu a boca. Nem os jovens estudantes do colegial perguntaram onde estavam. Sem olhar no rosto uns dos outros, todos silenciaram. Precisávamos de tempo para digerir o que havia acontecido naquela madrugada. Aquele silêncio desesperador de cerca de uma hora foi a última dignidade que conseguimos ter como seres humanos naquele lugar.

A caneta esferográfica preta da Monami era, sem exceção, o primeiro procedimento quando se entrava na sala de interrogatório. Parecia que tentavam deixar claro que o meu corpo não era meu. Que eu não podia fazer nada da minha vida por vontade própria, que a única coisa permitida era a dor enlouquecedora, a dor terrível de cagar e urinar sem querer.

Quando terminava esse procedimento, eles começavam a perguntar com calma. Independente da minha resposta, a coronha da arma vinha voando na direção do meu rosto. Eu cobria a cabeça com os dois braços instintivamente e recuava para a parede. Quando eu caía, eles pisavam nas minhas costas e no meu quadril. Se eu virava o corpo, sem conseguir respirar, esmagavam meus joelhos com os coturnos.

Não podíamos descansar, mesmo depois de sair da sala de interrogatório e voltar para a cela.

Todos tínhamos que ficar sentados eretos e olhar somente para a grade de ferro.

Um cabo disse que nos queimaria com um cigarro se nos mexêssemos, mesmo que só as pupilas, e para dar um exemplo, queimou de fato as pálpebras de um homem de meia-idade com um cigarro. Bateu e pisou num estudante colegial, que tocou o rosto com a mão sem se dar conta, até que perdesse a consciência e desmaiasse.

Escorria suor do corpo inteiro como se chovesse, pois uns cem homens estavam sentados num recinto apertado, sem espaço entre eles. Não se podia distinguir nem verificar se aquilo que descia rastejando era suor ou um inseto. Ficava-se com sede tanto quanto se suava, mas apenas nas três refeições diárias

podia-se tomar água. Lembro da sede brutal que me fazia querer tomar até urina. Lembro do terror de adormecer de repente,
do pavor de que eles se aproximassem a qualquer momento e
queimassem as minhas pálpebras com a brasa do cigarro.

E me lembro da fome. A fome que estava colada insistentemente, como uma ventosa esbranquiçada, nas pálpebras depri-
midas, na testa, no topo da cabeça, na nuca. Lembro dos momentos distantes, nos quais parecia que ela sugava meu espírito
lentamente, e o espírito, inchado e embranquecido como uma
espuma, parecia que ia logo estourar.

As refeições eram apenas um punhado de arroz, metade de uma
tigela de sopa e *kimchi** em uma bandeja. Comíamos aquilo em
dupla. Quando fui colocado com Jinsoo Kim, eu, parecendo um
animal cujo espírito fora sugado, senti um alívio. Pois ele não tinha cara de quem comia muito. Pois seu rosto era pálido e o entorno dos olhos, escuro, como um doente. Os seus olhos tinham
um lampejo vago, sem vitalidade nem expressão.

Quando ouvi seu obituário há um mês, a primeira coisa de
que me lembrei foi aqueles olhos. Aqueles olhos que me olhavam suspensos, enquanto ele pegava os brotos de soja da sopa
aguada. Aqueles olhos frios e ocos que, em silêncio, olhavam
para mim, enquanto eu ficava tenso de preocupação de que ele
comesse todos os brotos de soja, e fitava com desprezo aqueles
lábios que mastigavam, lábios de um animal, como eu.

Eu não sei.

Por que Jinsoo Kim morreu e eu, que comia junto dele, ainda
estou vivo?

---

* São condimentos típicos da culinária da Coreia, em geral apimentados, à
base de hortaliças. O *kimchi* é muitas vezes considerado a "base da alimenta-
ção" dos coreanos, podendo ser consumido nas três refeições diárias.

Jinsoo Kim sofreu mais?

Não, eu também sofri o suficiente.

Jinsoo Kim não conseguia dormir mais?

Não, eu também não consigo dormir. Não consigo dormir profundamente nenhuma noite. Enquanto eu viver, será assim para sempre.

Pensei, depois que o senhor me ligou e perguntou sobre Jinsoo Kim pela primeira vez. Pensei também, depois que o senhor me ligou novamente, marcando um encontro aqui. Pensei ininterruptamente todos os dias. No porquê de ele ter morrido e eu ainda estar vivo.

O senhor disse ao telefone que Jinsoo Kim não tinha sido o primeiro. Também disse que havia a possibilidade de que mais gente entre nós cometesse suicídio.

Então, o senhor está tentando me ajudar? Mas aquela tese que o senhor está tentando escrever não é para o senhor mesmo?

Não consigo compreender a fala do senhor, que faz autópsia psicológica da morte de Jinsoo Kim. É possível resgatar a história da morte de Jinsoo Kim gravando minhas falas agora? Não sei se as experiências dele foram parecidas com as minhas, mas nunca são as mesmas. Como a morte dele poderia ser autopsiada sem que as coisas que ele passou sozinho sejam ouvidas da boca dele próprio?

Fico sabendo que Jinsoo Kim, em especial, foi quem, dentre nós, mais sofreu com as torturas irregulares. Provavelmente porque sua aparência era feminina.

Não, não falou na época. Eu ouvi uns dez anos depois.

Dizem que mandavam ele tirar o pênis e colocá-lo na mesa, e o ameaçavam, dizendo que bateriam nele com uma régua de madeira. Dizem que desnudavam a parte inferior do corpo e o levavam ao gramado na frente da prisão, obrigando-o a ficar deitado de bruços com os braços amarrados para trás. Dizem que as grandes formigas mordiam as virilhas de Jinsoo Kim durante três horas. Ouvi dizer que tinha pesadelos relacionados a insetos quase todas as noites após ter sido liberado.

Não nos conhecíamos antes. Só nos víamos quando entrávamos e saíamos da sala de situação.

Jinsoo Kim ainda tinha pelos fininhos no rosto, pois era calouro da faculdade naquele ano. Destacava-se, pois o rosto era branquinho e os cílios, especialmente escuros. Cada vez que o via, me dava a impressão de que ele andava muito rápido. Acho que era porque os braços, as pernas e o quadril eram finos e compridos.

Verificar as vítimas, ficar responsável em gerenciar os cadáveres, achar os caixões e as *Taegukgi* e preparar os funerais... ele, em geral, fazia esse tipo de trabalho, pelo que sei.

Na verdade, não pensei que ele fosse ficar na última noite. Pensei que fosse um dos estudantes que sugeriram esvaziar o Docheong, sem deixar nada, antes que os soldados entrassem, depois de devolvermos todas as armas, e que haviam falado que ninguém deveria ser sacrificado. Duvidei, mesmo depois de tê-lo visto à noite. E pensei que aquele sujeito sairia de lá antes da meia-noite.

Doze pessoas, inclusive Jinsoo Kim e eu, formaram um grupo e se juntaram na salinha de reunião no segundo andar. Apresentamo-nos pensando que seria a primeira e a última vez. Cada um escreveu um testamento simples com o nome e o endereço, e o enfiou no bolso dianteiro da camisa para que fosse descoberto facilmente. É verdade que não parecia real o que estava prestes a acontecer. Porém, quando começaram a chegar mensagens de rádio informando que os soldados tinham entrado no centro da cidade, comecei a ficar nervoso.

Era por volta da meia-noite quando o líder da sala de situação chamou Jinsoo Kim para o corredor. A voz estrondosa do

líder da sala de situação mandando levar as mulheres escolta-
das para fora do Docheong foi ouvida até na sala de reunião. Eu
supus que o líder da sala de situação o tivesse designado para
fazer esse trabalho porque imaginou que não seria nada mau
se aquele jovem especialmente esguio não voltasse. Lembro
que pensei, olhando Jinsoo Kim pegar a sua arma e sair com o
rosto endurecido: Isso, não volte, não você.

Mas, ao contrário do que havíamos pensado, ele voltou mal
passados trinta minutos. Diferente de quando saiu, estava com
o rosto completamente relaxado. Encostou a arma na parede,
estreitando os olhos, como se não conseguisse aguentar o sono,
e se deitou ao lado do sofá de couro sintético sob a janela, ador-
mecendo. Quando o sacudiram para que acordasse, falou como
se gemesse: Me desculpe, vou dormir só um pouco.

O estranho foi que as pessoas que observavam a cena sen-
taram também, encostando-se na parede como se tivessem
perdido a energia de repente. Começaram a pestanejar, um
por um. Eu também me sentei encolhido, com o coração de-
solado, ao lado do sofá onde Jinsoo Kim estava deitado. Como
posso explicar? Na hora em que era para nos eriçarmos mais
do que nunca, naquela hora em que era para dependermos de
uma mente fria, estávamos afundando num sono profundo,
sem olhos, orelhas ou boca.

Abri os olhos ao sinal da porta que abria e fechava, sem
ruído. Um estudante de ensino secundário, com o rosto pequeno e imaculado e o cabelo cortado como uma castanha
portuguesa, estava sentado, encostado no sofá, antes que alguém notasse.

Quem é? Perguntei com a voz rouca.

Quem é você? De onde veio?

O menino respondeu fechando firmemente os olhos.

Estou morrendo de sono. Vou dormir só um pouquinho
aqui com vocês.

Assim que ouviu aquela voz, Jinsoo Kim, que dormia como um morto, abriu os olhos, assustado.

O que aconteceu?

Ele perguntou em voz baixa, pegando o braço do menino.

Não te mandei embora há pouco? Você não falou que ia embora também?

A voz de Jinsoo Kim aumentou aos poucos.

O que você está fazendo aqui? Você nem sabe usar uma arma!

O menino falou, hesitando: Não fique bravo, Jinsoo.

As pessoas acordaram lentamente com a discussão dos dois. Sem largar o braço do menino, Jinsoo Kim disse, repetindo: Renda-se na hora certa. Entendeu? Renda-se! Saia com as mãos pro alto. Não matarão um menino que sair com as mãos pro alto.

Naquela época, eu era um estudante de vinte e dois anos que tinha acabado de sair do serviço militar e ingressado na faculdade de educação. O fato de eu, cuja meta de vida era tornar-me professor de ensino primário, ter assumido a responsabilidade de comandar as pessoas da salinha de reunião indica quão indisciplinadas eram essas pessoas que ficaram no Docheong naquela noite.

Mais da metade do nosso grupo era composta de menores de idade. Até havia um estudante, que frequentava a escola à noite, que saiu para o quintal do Docheong e experimentou atirar uma bala em direção ao céu noturno, pois não conseguia acreditar que, quando se carrega uma arma e se puxa o gatilho, a bala sai. Quem recusou a orientação da equipe de liderança, que mandou as pessoas com menos de vinte anos para casa, foram eles mesmos. A determinação deles era tão firme que era necessária uma longa discussão e persuasão para enviar para casa, à força, pelo menos as pessoas com menos de dezessete anos.

O plano sobre o qual recebi instruções do líder da sala de situação, na verdade, nem era algo que podia ser chamado de operação. O horário previsto da chegada do exército da lei marcial no Docheong era duas da madrugada, e nós saímos para o corredor do segundo andar e ficamos lá desde a uma e meia. Um adulto assumiu uma janela. Combinamos que os menores de idade ficariam deitados de bruços entre as janelas, e se a pessoa ao lado recebesse um tiro, tomariam seu lugar. Não sei que tipo de plano os outros grupos receberam e o quão realista era. Desde o começo, o líder da sala de situação disse que o nosso objetivo era resistir. Resistir apenas até o amanhecer. Até centenas de milhares de cidadãos se reunirem diante da fonte.

Pode soar insensato agora, mas meio que acreditei naquelas palavras. Pensei que poderia morrer, mas talvez pudesse sobreviver também. Pensei que perderíamos, mas talvez conseguíssemos resistir. Não só eu, a maioria do grupo, especialmente os mais novos, estava com uma esperança muito forte. Não sabíamos que, no dia anterior, o porta-voz da equipe de liderança havia conversado com os jornalistas estrangeiros. Disseram que ele havia declarado que nós realmente perderíamos. Disseram que ele falara que realmente morreríamos e que não estávamos com medo. Confesso que eu não tinha aquela certeza imperturbável.

Não sei o que Jinsoo Kim pensou. Será que ele retornou depois de ter saído do Docheong, mesmo supondo que iria morrer? Ou se deixou pensar, como eu, que poderia morrer, mas poderia sobreviver, no vago otimismo de que talvez pudéssemos proteger o Docheong, e, se fosse assim, poderíamos viver o resto da nossa vida livres da vergonha?

Não é que eu não soubesse que os soldados eram fortes e dominantes. Mas o estranho é que algo tão forte quanto a força deles me dominava.

Consciência.

Sim, consciência.

A coisa mais temível do mundo é isso.

No dia em que fiquei de pé em frente aos canos de fuzil, junto a centenas de milhares de pessoas, posicionando na linha de frente as carroças carregadas com os cadáveres das pessoas que os soldados haviam matado a tiros, me surpreendi com algo limpo que encontrei inesperadamente dentro de mim. Lembro do sentimento de não estar mais com medo, do sentimento de que poderia morrer naquele instante, do sentimento vívido de que parecia que o sangue de centenas de milhares de pessoas uniu-se, formando uma veia enorme. Senti a pulsação do coração mais sublime e grandioso do mundo, que palpitava, fluindo naquela veia. Ousei sentir que eu me tornara parte daquilo.

Por volta da uma hora da tarde, os soldados começaram a atirar ao som do *Aegukga* instrumental, que saía dos alto-falantes em frente ao Docheong. Eu, que estava no meio da coluna do protesto, fugi. O coração mais grandioso e sublime do mundo despedaçou-se e se dispersou. O barulho dos tiros não foi ouvido só na praça. Os atiradores, emboscados, estavam posicionados em cada prédio alto. Abandonando as pessoas que caíam abatidas à frente, ao lado, continuei correndo. Parei quando pensei que já tinha me afastado da praça o suficiente. Fiquei ofegante, como se os pulmões fossem explodir. Sentei num degrau na frente de uma loja fechada com o rosto encharcado de suor e lágrimas. Ouvia algumas pessoas mais fortes do que eu reunirem-se no centro da rua de novo e discutirem se trariam as armas do centro de treinamento dos quartéis de reserva. Se não fizermos nada, todo mundo morre. Vão matar todo mundo a tiros. No meu bairro, paraquedistas entraram até nas casas. Dormi com a faca da cozinha ao lado da cabeça por causa do medo. Não faz sentido, eles têm armas. Estão atirando centenas de balas em pleno dia!

Fiquei pensando, sentado no degrau, até que um deles retornou com o seu caminhão. Pensando se eu conseguiria apontar uma arma para alguém vivo e puxar o gatilho. Pensando no fato de que os milhares de armas dos soldados podiam assassinar centenas de milhares de pessoas, no fato de que, quando o ferro perfura o corpo, a pessoa cai e os corpos que eram quentes tornam-se frios.

Quando o caminhão em que eu subira voltou para o centro, já era plena noite. Nós tínhamos perdido o caminho duas vezes, e quando chegamos com dificuldade no centro de treinamento do quartel de reserva, não havia sobrado nada, porque outros já tinham pegado todas as armas. Enquanto isso, não sei quantas pessoas foram sacrificadas no combate na rua. Lembro apenas da entrada do hospital com uma grande fila de pessoas que tentavam doar sangue na manhã do dia seguinte; dos médicos e enfermeiros que vestiam uniformes brancos manchados de sangue, andando apressadamente pelas ruas em ruínas, carregando padiolas; das mulheres que estendiam as mãos para nos entregar, no caminhão em que estávamos, bolinhos de arroz enrolados em alga, água e morangos; do *Aegukga* e do *Arirang*, que cantávamos juntos a plenos pulmões. Naqueles momentos em que parecia que, como um milagre, todos saíam da sua própria casca e tocavam a pele macia uns dos outros, senti que o coração mais grandioso e sublime do mundo, aquele coração que tinha sido destruído e sangrado, se recuperara e palpitava. O que me capturou foi isso mesmo. O senhor sabe quão forte é o sentimento de se tornar um ser completamente puro e bom? A glória do momento em que parece que a joia brilhantemente clara que se chama consciência entra e se crava na sua testa?

Os meninos novos que ficaram no Docheong naquele dia devem ter tido uma experiência parecida. Provavelmente pensavam que pagariam com a morte essa joia da consciência. Mas agora não posso ter certeza de nada. Os meninos sentados encolhidos sob a janela, carregando armas, que diziam estar com fome, os meninos que pegavam o *castella* e a Fanta que sobravam na salinha de reunião e perguntavam se podiam comer, o senhor acha que eles entendiam o que era a morte para fazer aquela escolha?

Quando informaram por telegrama que o exército da lei marcial chegaria no Docheong em dez minutos, Jinsoo Kim falou, com as costas viradas para a janela, que havia assumido.

Nós morreremos depois de resistir o máximo possível, mas os jovens estudantes não devem fazer isso.

Ele falou como se fosse um homem de trinta ou quarenta anos, não de vinte.

Vocês têm que se render. Se parecer que todo mundo vai morrer, larguem as armas e rendam-se logo. Achem uma maneira de sobreviver.

Não quero falar sobre o que aconteceu depois.

Ninguém, agora, tem o direito de mandar que eu lembre mais.

O senhor também.

Não, não atirei.

Não matei ninguém.

Mesmo ao ver os soldados se aproximarem no escuro, depois de subirem as escadas, ninguém do nosso grupo puxou o gatilho. Não podíamos fazer isso sabendo que, quando se puxa o gatilho, pessoas morrem. Nós éramos meninos que carregavam armas com as quais não se podia atirar.

Fiquei sabendo só mais tarde. Os soldados receberam, naquele dia, oitocentas mil balas no total. A população da cidade na época era de quatrocentas mil. Forneceram balas suficientes para cravar a morte duas vezes no corpo de todas as pessoas da cidade. Acredito que havia ordem para se fazer isso, caso acontecesse algum problema. Se tivéssemos deixado as armas na recepção do Docheong e nos retirado, talvez eles tivessem apontado o cano do fuzil para os cidadãos. Penso no sangue que escorria pelas escadas escuras do Docheong naquela madrugada, fazendo literalmente um barulho de correnteza. Cada vez que isso me vem à cabeça, penso que aquilo não foi só a morte deles, eles morreram também por outras pessoas. O sangue de milhares, a morte de milhares.

Ao olhar de relance o sangue que escorria das pessoas com quem havia conversado, momentos antes, os olhos nos olhos, incapaz de saber quem morreu e quem sobreviveu, eu me deitei de bruços com a cabeça cravada no chão do corredor. Senti que escreviam algumas letras nas minhas costas com um marcador. Extremista. Posse de arma de fogo. Alguém me avisou na Casa de Detenção Sangmudae que tinham escrito isso.

Na hora da detenção, as pessoas que tinham sido classificadas como simples participantes, por não portarem armas, foram liberadas uma por uma, até junho. Apenas os chamados extremistas, pessoas que portavam armas, ficaram no Sangmudae. Foi então que a forma da tortura mudou. Em vez dos espancamentos, eles escolheram maneiras elaboradas de causar dor, que não exigiam muita energia dos torturadores. Pôr o *binyeo*,* frango assado, tortura da água, tortura elétrica. Agora o que eles queriam não eram os detalhes do que aconteceu de fato. Para preencher as lacunas com os nossos nomes no drama que haviam preparado, o que tínhamos de fazer era apenas uma confissão falsa.

Jinsoo Kim e eu continuamos comendo o punhado de arroz que recebíamos em apenas uma bandeja. Esquecendo o que tínhamos passado na sala de interrogatório havia algumas

---

* Alfinete de cabelo tradicional coreano.

horas, mexíamos as colheres em silêncio, com paciência, para não brigar como animais por conta de um grão de arroz ou por um pedaço de *kimchi*. Algumas pessoas largavam a bandeja de comida no chão e gritavam. Não aguento mais. Se você comer tudo desse jeito, e eu? Colocando o corpo entre aqueles que rosnavam, um menino falou, gaguejando: *N-não façam isso.* Eu me surpreendi, porque ele era um menino quieto que quase não abria a boca, como se estivesse sempre intimidado.

N-nós... e-estávamos p-preparados para morrer.

Foi nesse momento que os olhos ocos de Jinsoo Kim cruzaram com os meus.

Entendi nesse momento. O que eles queriam. O que eles queriam dizer ao nos deixar famintos e nos torturar. *Nós vamos ensinar a vocês quão ridículo foi terem agitado a* Taegukgi *e cantado o* Aegukga. *Corpo sujo fedorento, corpo com feridas apodrecendo, corpos amontoados de animais com fome, nós vamos provar que é isso que vocês são.*

O nome do menino era Youngjae. Depois daquele dia, Jinsoo Kim, de vez em quando, chamava esse nome. Puxava conversa calmamente durante uns dez minutos, quando o vigilante tornava-se um pouco mais generoso depois da refeição. Youngjae, você está com fome comendo desse jeito, né? Youngjae Kim, qual é a origem da sua família? Eu também sou Kim, de Kimhae. Qual o ramo da sua família? Não fale comigo de jeito honorífico. Você não falou que tinha dezesseis anos? Então, eu tenho só quatro anos a mais. Pareço tão velho assim? Tá bem, então. Me chame de tio. Você é um sobrinho pelo grau de parentesco, no fim das contas.

Ouvindo-os conversar sobre tudo, eu soube que aquele menino tinha terminado só o ensino primário e estava aprendendo carpintaria na marcenaria do tio por parte de mãe fazia três anos. Disse que tinha entrado no exército civil seguindo o primo dois anos mais velho, e que o primo havia morrido na YMCA na última madrugada, e ele fora preso sozinho. *Q-quero co-comer, o* ca-castella, *ma-ma-mais que tudo. Co-com S-Sprite.* O menino, que nem chorava ao falar sobre a morte do primo, respondeu à pergunta sobre o que queria comer, esfregando os olhos com o punho. Olhei em silêncio o punho esquerdo do menino, descansando sobre seu colo, e havia ali um algodão preso entre aqueles dedos firmemente fechados.

Pensei e pensei de novo.

Porque queria entender.

Porque precisava entender de qualquer modo o que eu havia passado.

O líquido aguado da ferida, o pus pegajoso, a saliva que cheirava mal, o sangue, a lágrima e o muco, a merda e a urina na roupa íntima. Isso era tudo o que eu tinha. Não, isso em si era eu. Um pedaço de carne que apodrecia, isso era eu.

Não consigo suportar o verão até hoje. Quando o suor, como um inseto, escorre lentamente no meu peito e nas minhas costas, respiro fundo, sentindo que as memórias de quando eu era um pedaço de carne estão inteiramente de volta. Cerro os dentes com firmeza e respiro mais fundo.

Quando a ripa entrou por entre a junta do ombro e nas costas, torcendo meu corpo, estendendo-se, obedecendo à sua propriedade de matéria reta — por favor, pare, eu errei —, entre um segundo e outro segundo, ofegante, quando eles enfiaram a verruma dentro das unhas da mão e do pé, fôlego, inspirar, expirar — por favor, pare, eu errei —, gemido, entre um segundo e outro segundo, grito de novo, que o corpo desapareça, agora, por favor, que o meu corpo se apague agora.

Entre o verão e o outono em que escrevíamos o inquérito, um pequeno prédio quadrado de um andar foi construído no terreno desocupado do Sangmudae. Construíram o Tribunal de Comissão Militar para fazer o julgamento sem precisar nos transferir para outro lugar. Na terceira semana de outubro, quando esfriou de repente, aconteceu o julgamento, depois de o inquérito final ter sido entregue havia dez dias. Durante aqueles dez dias, pela primeira vez não fomos torturados. As feridas de todos os cantos do corpo cicatrizaram, tornando-se vermelho-escuras, sarando lentamente.

Lembro que o julgamento acontecia duas vezes ao dia, durante cinco dias. A cada vez, entravam cerca de trinta pessoas e eram julgadas. Por serem muitos os acusados, nos sentávamos nos bancos compridos normalmente reservados ao público, até a última fila. As dezenas de soldados, que carregavam armas, também se sentavam ali, intercaladas conosco.

Todos, abaixem a cabeça.

À ordem do cabo, eu abaixei a cabeça.

Abaixem mais.

Eu abaixei ainda mais a cabeça.

O juiz presidente entrará logo. Se fizerem qualquer barulho, já receberão a sentença de fuzilamento na hora, entenderam? Calem a boca e fiquem com a cabeça abaixada até o final. A última argumentação não pode passar de um minuto, entenderam?

Eles passavam por entre as cadeiras, carregando espingardas, e batiam a coronha na cabeça das pessoas que não estavam em uma postura adequada. Os insetos do outono cantavam lá fora do tribunal. Vestido com um traje da prisão azul, limpo, cheirando a detergente, que tinha recebido naquela manhã, pensei profundamente no que havia sido dito, sentença de fuzilamento. Prendi a respiração esperando que a sentença de fuzilamento fosse acontecer de verdade. Pensei naquele momento que talvez a morte fosse algo frio como o novo traje da prisão. Que se o verão passado tivesse sido vida, se o corpo manchado de sangue, pus e suor tivesse sido vida, se aqueles segundos que não passavam por mais que se gemesse, os momentos em que mastigava os brotos de soja estragados em meio à fome humilhante fossem vida, a morte devia ser algo como uma limpa pincelada, que apagaria de uma vez com aquilo tudo.

O juiz presidente está entrando.

Assim que a fala do escrivão terminou, abriu-se a porta da frente, e três oficiais jurídicos entraram em ordem. Foi nesse momento que, estando eu com a cabeça abaixada, meus ouvidos escutaram um som estranho. Foi mais ou menos na segunda fila da frente. Ergui um pouco a cabeça e dei uma olhada adiante. Alguém começava a cantar o primeiro compasso do *Aegukga* por entre os dentes, como se soluçasse. Quando percebi que era o menino novinho, Youngjae, um coro já tinha se iniciado, sem que se soubesse quem havia começado. Eu também cantei, acompanhando-os como que atraído por uma força magnética. Enquanto nós, com a cabeça abaixada como mortos, que tínhamos sido suor e sangue e pus, cantávamos em voz baixa, eles, por alguma razão, não nos espancaram. Nem gritaram, nem nos deram coronhadas na cabeça, nem nos empurraram para a parede ou nos mataram à bala como tinham ameaçado. Até terminarmos a canção, nos intervalos entre os compassos, um silêncio perigoso e o barulho dos insetos emboscavam-se no ar frio do tribunal sumário.

Fui sentenciado a nove anos de prisão, e Jinsoo Kim, a sete.

Mas a quantidade de anos de prisão foi insignificante. Pois as autoridades militares liberaram todos nós por anistia até o Natal do ano seguinte, mesmo as pessoas sentenciadas à morte e à prisão perpétua. Como se confessassem que aquelas acusações eram absurdas.

Foi no final do segundo ano após minha saída da prisão que reencontrei Jinsoo Kim.

Em uma madrugada, quando voltava para casa depois de ter bebido a noite inteira com um colega do ensino secundário, vi, pela janela de um boteco simples, um jovem sentado sozinho e parei. Pois me era familiar a sua postura, olhando para baixo, para o arroz ensopado, segurando firmemente a colher, como se fizesse a lição de casa com seriedade. Os olhos ocos, abertos sob as sobrancelhas longas e escuras, que observavam o fundo da tigela de sopa escura de cruor, como se aquilo guardasse algum enigma que não conseguia compreender por mais que tentasse.

Quando entrei no boteco e sentei diante de Jinsoo Kim, ele olhou para mim com um olhar apático e frio. Eu, ainda bêbado, sorri em silêncio. Esperei, com a generosidade efêmera que a embriaguez permitiu, que aparecesse discretamente um sorriso vago e sonolento em seu rosto, como se acabasse de despertar do sono.

Enquanto perguntávamos um sobre o outro, nossos olhares se estendiam silenciosamente na direção um do outro, como um tentáculo invisível, e conferiam, apalpando as sombras no rosto, o vestígio da dor que não podia ser encoberta pela conversa e pelo riso forçado. Nós dois não conseguimos voltar para a faculdade, e ganhávamos a vida com a ajuda da família. Jinsoo Kim ajudava o cunhado na loja de eletrodomésticos, e eu tinha acabado de parar de trabalhar no restaurante coreano do meu tio por parte de pai. Quando falei que descansaria até o fim do ano e entraria na empresa de táxi no começo do próximo, ele respondeu apaticamente:

"O meu cunhado me aconselhou isso também. Para eu obter o certificado de operador de equipamentos pesados. Em todo caso, não posso trabalhar nas empresas normais. A propósito, como conseguiu a carteira de motorista? Estou tentando estudar nesses dias, mas sinto dor de cabeça. A dor de cabeça é bem forte e não consigo decorar nada. Fica difícil às vezes até contar o dinheiro na loja de eletrodomésticos. Sinto dor de cabeça só de fazer adições e subtrações um pouco mais complicadas."

Falei que também tomava analgésico com frequência por causa dos dentes que doíam sem motivo, e novamente ele me perguntou com apatia:

"E o sono, dorme bem? Tomei duas garrafas de *soju** porque não conseguia dormir, e agora estava tomando sopa para aliviar a ressaca. É que a minha irmã fica incomodada quando bebo em casa. Ela não fica brava comigo, nada disso. Só chora. E isso me dá ainda mais vontade de beber."

"Quer tomar mais uma?" Perguntando, ele olhou para o meu rosto com indiferença.

Vamos tomar mais uma.

Bebemos juntos até a hora em que as pessoas com casaco de lã com gola levantada andam depressa para o trabalho. Despejamos no copo de vidro frio, repetidas vezes, a bebida forte, que não nos fez esquecer nada. As memórias apagavam-se a intervalos, e logo se apagaram completamente. Não lembro como me despedi dele e voltei para casa. Apenas me recordo vagamente da sensação de a bebida fria molhar a minha calça aveludada porque Jinsoo Kim derrubara a garrafa da bebida na mesa sem querer; da cena de ele limpando a mesa com a manga do suéter desajeitadamente; do momento em que, por fim, pousou a testa na mesa, sem conseguir controlar a cabeça.

---

* Bebida destilada transparente, tradicionalmente feita de arroz, trigo ou cevada, muito popular na Coreia.

Desde então, nós nos encontrávamos de vez em quando e bebíamos juntos. Passaram-se dez anos enquanto observávamos o caminho parecido um com o do outro, como o rosto deformado dentro do espelho. De não conseguir nenhuma qualificação; de sofrer um acidente de carro; de acumular dívidas; de machucar--se ou ficar doente; de encontrar uma mulher carinhosa e afável, acreditando por um tempo que toda dor tinha acabado, mas logo destruir tudo com as próprias mãos e ver-se sozinho novamente. Nós não éramos mais jovens, em meio à insônia e ao pesadelo do dia a dia, em meio ao analgésico e ao sonífero do dia a dia. Ninguém mais se preocupou conosco ou chorou por nós. Até nós mesmos nos desprezávamos. Havia a sala de interrogatório daquele verão dentro dos nossos corpos. Havia a caneta Monami preta. Havia os ossos brancos dos dedos expostos. Havia a conhecida voz que geme, suplica e implora.

Jinsoo Kim disse para mim um dia:

Tinha as pessoas que eu estava decidido a matar.

Os olhos escuros e profundos que ainda não estavam completamente bêbados me fitaram.

Quando eu morresse, fosse quando fosse, ia levar aquelas pessoas comigo.

Coloquei a bebida no copo dele sem dizer nada.

Mas, agora, nem tenho mais essa vontade. Cansei.

Ele me chamou de novo. Olhava para baixo, para o copo de vidro com a bebida clara, e não ergueu a cabeça, como se eu estivesse lá dentro do copo enquanto falava comigo.

Nós seguramos armas, não?

Não meneei a cabeça nem respondi a ele.

Achávamos que aquilo ia nos proteger.

Ele sorriu vagamente para o copo da bebida, parecia acostumado a perguntar e responder sozinho.

Mas nós nem podíamos atirar.

Em setembro passado, eu o encontrei por acaso de madrugada quando voltava para casa após ter terminado meu turno do táxi. Era um dia em que caía um chuvisco de outono. Assim que, segurando um guarda-chuva, virei a esquina do beco escuro, Jinsoo Kim, que vestia um casaco preto impermeável com capuz, estava me esperando. Lembro que, pelo susto, senti uma raiva estranha e quis dar um golpe forte em seu rosto pálido como o de um fantasma. Não, acho que queria apagar a expressão daquele rosto, esfregá-lo com a mão.

Não, não era uma expressão hostil.

Parecia cansado, mas isso não era nada especial. Pois, nos últimos dez anos, ele quase sempre parecia cansado. A expressão do seu rosto estava diferente de outros tempos. Algo frio e inexplicável, algo que não era desistência nem tristeza ou ressentimento marejava e escorria por seus compridos cílios secos.

Antes de mais nada, o levei, ele que não dizia nada, para minha casa.

O que houve?, perguntei, trocando de roupa. Ele tirou o casaco impermeável e o colocou perto dos pés, sentando-se ereto apenas com a camiseta fina de algodão de manga curta. Senti a raiva estranha de novo, pois aquela postura me fez lembrar da Casa de Detenção do Sangmudae há dez anos. Ele me olhava com o rosto sombrio, com uma mescla nojenta de desistência, obediência e vacuidade, exalando cheiro de suor, na postura peculiar, igual à que via todos os dias dez anos atrás.

Você não cheira à bebida. Desde quando estava esperando? Está chovendo muito.

Teve julgamento ontem.

Quando Jinsoo Kim finalmente abriu a boca, perguntei de volta, sem entender de imediato:

Julgamento?

Lembra de Youngjae Kim? Que estava na mesma cela com a gente?

Sentei na frente de Jinsoo Kim. Sentei ereto por um instante como se o imitasse, mas logo recuei para a parede fria e me recostei, relaxado.

O menino que era meu sobrinho distante, pelo grau de parentesco.

Lembro, respondi. Por alguma razão, não queria ouvir mais.

Ele vai ser mandado para um hospital psiquiátrico.

É? Respondendo de novo, virei e olhei dentro da geladeira. As quatro garrafas de *soju* estavam escondidas na última prateleira da geladeira, como se fossem medicamentos de emergência para dois dias.

Provavelmente não vai poder sair nunca mais.

Levantei-me e fui até a geladeira. Peguei as garrafas de *soju* e as coloquei na bandeja com dois copos. Quando toquei o pescoço da garrafa para abrir a tampa, as gotas frias da água pousadas na superfície do vidro molharam a palma da minha mão.

Disseram que quase matou alguém.

Coloquei peixinhos fritos e feijão-preto doce no prato. Pensei de repente que queria congelar o *soju* na fôrma de gelo do congelador. Como será mastigar o *soju* congelado em formato de cubo?

Só tem isso aqui para acompanhar a bebida.

Enquanto eu pousava a bandeja perto dos pés, ele continuou falando, cada vez mais rápido, sem prestar atenção em mim.

O advogado designado pelo Estado disse que o menino tinha cortado o pulso seis vezes nos últimos dez anos. Disse que só dormia depois de tomar bebida alcoólica misturada com sonífero.

Enchi o copo de Jinsoo Kim. Depois de beber um copo juntos, pensei em estender um colchonete e dormir. Pensei em falar para Jinsoo Kim que bebesse o quanto quisesse e fosse embora assim que parasse a chuva. Não queria saber o quão frequentemente Jinsoo Kim se encontrava com aquele menino nesses anos todos e como aquele menino tinha vivido. Mesmo que ele falasse, não queria ouvir.

Amanhecia, mas do lado de fora da janela estava escuro como o crepúsculo por causa da chuva constante. Por fim, estendi o colchonete e falei apaticamente, deitando:

Durma um pouco você também, você não dormiu nada.

Ele encheu o copo e o esvaziou de uma vez. Virei de costas, com o cobertor esticado até o rosto, e ele continuou falando lentamente comigo, palavras quase incoerentes.

Pois, irmão, espírito não é nada?

Não, é algo como vidro?

Vidro é transparente e fácil de quebrar. É a natureza do vidro. Por isso que temos que tratar das coisas de vidro com cuidado. Pois se rachar ou quebrar, não podemos usar, temos que jogar fora.

Antes, nós tínhamos o vidro que não quebrava. Era algo decente, transparente e duro, que nem conferíamos se era vidro ou outra coisa. Então, mostramos que tínhamos espírito, quebrando-nos. Provamos que éramos seres humanos feitos de vidro de verdade.

Esse foi o último encontro com Jinsoo Kim vivo.

Foi no inverno daquele ano que ouvi o obituário. Não sei como ele viveu durante aqueles três meses. Houve uma vez que ele ligou para o escritório, mas não consegui atender, pois estava no meio do expediente, e quando liguei de volta, após o trabalho, ele não atendeu.

Chovia muito mais frequentemente do que o normal naquele outono, e a temperatura caía de modo agudo cada vez que a chuva parava. Quando virava a esquina do beco a caminho de casa, depois do trabalho, meus passos se afrouxavam sem perceber. É igual agora, mesmo sem ele neste mundo. Ao passar pela casa daquela esquina, especialmente quando chove, me lembro de Jinsoo Kim, que estava de pé no escuro como um fantasma com o casaco preto impermeável.

O funeral dele foi singelo. Seus familiares tinham as pálpebras ocidentais profundas e os cílios compridos, parecidos com os dele, assim como o olhar oco e misterioso. Sua irmã mais velha, que provavelmente já foi uma mulher bonita, segurou a minha mão e a largou, com o belo rosto sem expressão. Fui até o crematório, pois falaram que faltava uma pessoa para carregar o caixão, e voltei após assistir só até o caixão entrar no forno. Lembro que andei mais ou menos meia hora até o cruzamento de três ruas, onde passavam os ônibus, pois não havia nenhum carro para chegar até o centro.

Não vi o testamento.

Essa foto estava com o testamento mesmo?

Não me falou dessa história nenhuma vez.

Éramos próximos? Sim, mas não tanto. Dependíamos um do outro, mas, ao mesmo tempo, sempre queríamos dar um golpe no rosto um do outro. Queríamos apagar. Queríamos nos afastar para sempre.

Tenho que explicar essa foto?

Mas como explicarei?

Vejo pessoas mortas a bala, e o chão está cheio de sangue. Deve ter sido algum jornalista estrangeiro que entrou no pátio da frente do Docheong e tirou essa foto. Pois jornalistas coreanos não podiam entrar.

Sim, deve ter sido recortada de alguma coleção de fotografia. É que circularam várias coleções de fotografia, não?

Agora, tenho que adivinhar por que Jinsoo Kim guardou essa foto até o fim e por que ela foi posta ao lado do testamento?

Tenho que falar para o senhor sobre essas crianças mortas aqui, que estão deitadas em linha reta?

Que direito tem de me pedir isso?

***

Nós estávamos com a cabeça no chão, obedecendo à ordem dos soldados, e por volta do amanhecer fomos puxados para o pátio do Docheong. Um oficial militar se aproximou enquanto estávamos de joelhos em uma fila no canto do pátio com as mãos amarradas para trás. Ele estava agitado. Despejou xingamentos, fazendo todos cravarem a cabeça no chão de terra, pisando nas nossas costas com o coturno. Porra, eu já lutei no Vietnã. São mais de trinta, porra, os comunistas vietnamitas que matei, seus vermelhinhos nojentos. Jinsoo Kim estava ao meu lado. Quando o oficial pisou nas costas de Jinsoo Kim, ele deu azar de bater a testa nos cascalhos e sangrou.

Foi nesse momento que cinco meninos novinhos desceram com as duas mãos para o alto. Eram quatro estudantes do colegial, que eu tinha ordenado que se escondessem dentro do armário de ferro da salinha de reunião quando o exército da lei marcial começou a atirar a esmo com metralhadoras, iluminando a noite com sinalizadores, e um estudante do ensino secundário que tinha discutido brevemente no sofá com Jinsoo Kim. Eles desciam para se render, depois de terem largado as armas, como Jinsoo Kim havia dito que fizessem assim que o tiroteio parasse.

Olha aqueles canalhas, gritou o oficial que pisava nas costas de Jinsoo Kim, ainda mais agitado. Porra, vermelhinhos, estão querendo se render, é isso? Querendo se salvar? Ainda com um pé nas costas de Jinsoo Kim, ele levantou a M16 e apontou. Disparou contra os meninos, sem hesitação. Levantei a cabeça sem nem perceber e olhei para o rosto dele. Porra, não é como um filme?, ele falou para os soldados subordinados, revelando dentes bem alinhados.

Entendeu? O fato de esses meninos estarem deitados em fila nessa foto aqui não é porque os ajeitaram assim. É que os meninos estavam em fila. Caminhavam em fila, em ordem, com os braços erguidos, como tínhamos ordenado.

Certas memórias não cicatrizam. Em vez de obscurecerem com o passar do tempo, como outras, essas, pelo contrário, permanecem, fazendo apenas as outras memórias se desgastarem lentamente. O mundo escurece como se as lâmpadas se apagassem uma a uma. Sei que também não estou em segurança.

Agora eu quero perguntar para o senhor:

O ser humano é um ser cruel por natureza?

Estamos vivendo apenas a ilusão de que somos dignos? Podemos nos transformar em nada, em um inseto, em um animal, em uma massa de pus e fluido de ferida a qualquer momento?

Ser humilhado, ferido, assassinado, é isso que a história provou ser a natureza humana?

Uma vez encontrei por acaso uma pessoa que tinha sido mandada como paraquedista ao protesto democrático de Buma.* Depois de ouvir o meu passado, confessou o seu. Disse que havia recebido ordem para suprimir o protesto da forma mais cruel possível. Disse que a autoridade superior dava uma recompensa de uns cem mil *won* para os soldados que se comportassem de maneira especialmente cruel. Disse que um de seus colegas lhe havia falado: *Qual é o problema? Eles pagam para bater nas pessoas, não tem nenhum motivo para não fazer, não?*

Ouvi também a história de um destacamento do exército coreano que foi despachado para a guerra do Vietnã. Disseram que eles juntaram mulheres, crianças e idosos na sala de reunião de uma aldeia e mataram todos, ateando fogo. Há pessoas que foram premiadas por ter feito essas coisas na guerra, e uma parte delas, com aquela memória, veio para nos matar. Assim

---

* Protesto que aconteceu em duas cidades, Busan e Masan, contra a ditadura, entre 16 e 20 de outubro de 1979.

como fizeram na ilha Jeju, em Guandong e Nanjing, na Bósnia, em todos os continentes, com a mesma crueldade, como se a tivesse cravada nos genes.

Não esqueço que todos que encontro, diariamente, são seres humanos. O senhor, que está ouvindo essa história, também é um ser humano. E eu também sou um ser humano.

Observo essa cicatriz aqui na minha mão todos os dias. Passo a mão nesse lugar onde o osso fora exposto, nesse lugar que apodrecia todos os dias, vomitando um líquido branquinho da ferida. Cada vez que encontro por acaso a caneta Monami preta, uma caneta tão normal, espero, prendendo a respiração. Espero que o tempo me varra como água barrenta. Espero que a memória da morte suja, que carrego noite e dia, me largue completamente ao encontrar a morte verdadeira.

Estou lutando. Luto todos os dias, sozinho. Luto contra a vergonha por ter sobrevivido, por ainda estar vivo. Luto contra o fato de que sou um ser humano. Luto contra o pensamento de que a morte é a única maneira de escapar desse fato. O senhor, ser humano igual a mim, qual resposta poderia me dar?

5.
Pupila de noite

Dizem que a lua era a pupila de noite.

Você tinha dezessete anos quando ouviu isso. Era uma noite de domingo de primavera, o encontro do sindicato na casinha de cobertura de Sunghee havia terminado, e vocês comiam pêssegos, sentadas em círculo em cima de folhas de jornal no canto do terraço. Sunghee, com vinte anos, que gostava de ler poemas, disse, olhando para a lua cheia: *Não parece mesmo? Dizem que a lua é a pupila da noite.* Você, que era a mais nova do grupo, ficou com medo daquela fala por alguma razão. Uma pupila branca e fria como gelo no meio daquele céu negro olhava para elas lá embaixo. *Não fale assim, Sunghee; quando ouço isso, a lua me dá medo.* Todo mundo soltou uma gargalhada ao ouvi-la. *Meu Deus, nunca vi alguém com tanto medo como você.* Dizendo isso, alguém pôs um pedaço de pêssego na sua boca. *Como a lua pode dar medo?*

19h

Você pega o cigarro e o coloca na boca. Após acendê-lo e tragar uma vez, gira o pescoço endurecido lentamente e relaxa a tensão dos músculos.

Só tem você no escritório do segundo andar, uma sala de uns sessenta e cinco metros quadrados. Todas as janelas estão fechadas. Você está sentada em frente ao computador, aguentando o calor e a umidade da noite de agosto. Acabou de deletar dois spams e ainda não abriu o novo e-mail que chegou.

Seu cabelo está cortado curto. Está usando calça jeans e tênis azul-marinho, e as mangas da camisa cinza-claro de algodão fino lhe cobrem os cotovelos. A parte superior das costas da camisa parece negra por estar encharcada de suor. Entretanto, como a estrutura do seu corpo é pequena, e sua clavícula e pescoço são delicados, tem-se a impressão de que você é uma pessoa sensível, mesmo com essa roupa assexuada.

O suor que lhe molhou o cabelo debaixo da orelha escorre ao longo da linha do seu queixo magro e cai na gola da camisa. Após limpar, com o punho, o suor que brotou em seus lábios, você abre o e-mail. Lê devagar duas vezes. Mexe o mouse, sai da internet e desliga o computador. Inala e expele a fumaça do cigarro várias vezes, até que a cor azul da tela do computador desapareça, escurecendo.

Você põe o cigarro que queimou até a metade no cinzeiro e se levanta. Enfia o punho pegajoso, molhado de suor, no bolso da calça jeans. Anda em direção à janela, inspirando o ar quentinho do escritório fechado. Anda devagar, bem devagar, como se o escritório fosse um espaço extenso. Mexe-se só um pouquinho, e o suor escorre pelo seu corpo inteiro, como se chovesse. Seu cabelo brilha por causa das gotas de suor.

Você para diante da janela. Encosta a testa no vidro, que reflete sua própria imagem. É frio e úmido. Vê-se o beco escuro sem sinal de gente e, embaixo, o poste de iluminação da rua branco-acinzentado. Você descola a testa do vidro. Olha para o relógio na parede de trás e verifica mais uma vez o seu relógio de pulso, como se duvidasse.

19h30

Estava ouvindo o barulho.

Acordei por causa do barulho, mas como não tinha coragem de abrir os olhos, mantive-os fechados, esforçando-me para ouvir no escuro.

O barulho de passos que ressoa suave e mais suave.
Como uma criança que treina os passos de uma lenta dança, a leve ressonância dos dois pés que pisam no mesmo lugar repetidas vezes.

Senti uma dor apertar a boca do estômago.
Não podia saber se era de medo ou de prazer.
Finalmente, levantei meu corpo.
Caminhei em direção ao barulho e parei em frente à porta.
A toalha molhada, que tinha pendurado na maçaneta da porta, pois a sala estava seca, emergia branca do escuro.

Era de lá que vinha o barulho.
As gotas de água que caíam infinitamente dela e encharcavam o chão.

19h40

Três fitas cassete pequenas com rótulo branco e um gravador portátil estão sobre sua mesa. Você as observa com o rosto lustroso, molhado de suor, respira regularmente, como se fosse uma pessoa tentando dormir, de olhos abertos.

Foi há dez anos, e fazia pouco tempo que você tinha se transferido para o secretariado dessa organização, quando Yoon entrou em contato com você pela primeira vez. Ele a procurou através do número do telefone do representante do secretariado e disse que tinha conseguido o contato via Sunghee. Você silenciou após escutar o tema da tese que ele estava escrevendo e os nomes do exército civil que ele escolhera como foco de sua autópsia psicológica.

"Vou pensar e te ligo depois."

Quando você ligou após uma hora e recusou a entrevista, Yoon disse que entendia. Você não leu a tese que ele mandou na primavera do ano seguinte.

Ele entrou em contato com você agora, depois de dez anos, e disse que, dessa vez, queria vê-la sem falta, e perguntou com cuidado, ao conversar com você pelo telefone:

"Por acaso, leu a tese que te mandei?"

Você respondeu apaticamente:

"Não."

Ele pareceu um pouco desconcertado, mas continuou falando em um tom calmo. "Investiguei de novo os dez soldados civis que tinha entrevistado para escrever aquela tese e soube que só restam oito agora, pois dois cometeram suicídio. Fiz uma nova entrevista com as sete pessoas que aceitaram e pretendo publicar um livro cujo primeiro capítulo é aquela tese que publiquei há dez anos, colocando a transcrição das entrevistas no final do livro."

"Está ouvindo?", ele se interrompeu e perguntou.

"Sim, estou ouvindo."

Como sempre fazia quando atendia o telefone, você escrevia no bloco de notas, de forma legível, os números que surgiam na fala dele — dez, dois, oito, sete.

"Várias mulheres foram presas naquela época, mas é difícil achar testemunhas. Mesmo quando há algumas, são breves demais. Quase todas as partes dolorosas são omitidas... Assim, peço, Sunjoo Im, seja a oitava testemunha deste livro, por favor."

Dessa vez você não pede um tempo para pensar.

"Desculpa, não posso fazer a entrevista."

Você responde sem expressar qualquer emoção.

Entretanto, Yoon mandou um pacote com um gravador portátil e fitas cassete para o escritório alguns dias depois. Você leu a carta escrita em garranchos até o fim. "Se for desconfortável para você encontrar-se comigo, pode gravar seu testemunho?" O cartão de visita dele estava fixado com clipe na parte de baixo da carta.

Você selou a carta de novo, como se ninguém a tivesse aberto, e a enfiou no fundo do armário de ferro. Pegou a tese dele, que guardara naquele lugar havia muito tempo, e a leu atentamente até a hora do almoço. Leu duas vezes o apêndice, que continha a transcrição das entrevistas. O escritório estava quieto sem os colegas, que haviam saído para almoçar. Antes de voltarem, você guardou a tese no mesmo lugar e trancou o armário, como se escondesse de si mesma o fato de que a tinha lido.

20h

Estranho.

Era apenas o barulho da água caindo, mas lembro como se alguém estivesse indo e vindo de verdade.

Parece que, naquela madrugada de inverno, em meio à dor que me apertava a boca do estômago, aquele passo era real e o chão molhado pela água da toalha era um sonho.

20h10

Você coloca uma fita no gravador.

Seu nome será mantido no anonimato. As pessoas ou os lugares que possam ser identificados serão escritos com iniciais aleatórias. Yoon escreveu na carta que a vantagem da gravação não estava só no fato de não precisar encontrá-lo, mas também no de poder apagar a parte que quisesse, a qualquer hora, e refazer o testemunho.

Entretanto, você não aperta o botão do gravador. Tateia cuidadosamente as beiradas de plástico do gravador portátil, como se tentasse conferir se tem um arranhão.

20h30

Por coincidência, o seu principal trabalho no escritório é gravar fitas.

Disponibiliza a gravação das mesas-redondas e dos fóruns, classifica as fotos dos eventos e as guarda na sala de registro. Quando tem eventos importantes, filma e faz três ou quatro edições, dependendo da finalidade. Tudo isso exige muitas mãos e não lhe traz reconhecimento. Também exige um planejamento solitário e muito tempo de execução. Naturalmente, acaba tendo muito mais trabalho que os colegas, mas, como você já está acostumada ao expediente noturno e nos fins de semana, não considera isso um problema. Não tem um salário, é remunerada por atividade realizada, e o valor não atinge o custo mínimo de vida, mas a situação da organização em que estava antes era pior.

As coisas que matam lentamente.

Os materiais que você tem tratado e se envolvido nessa organização, nos últimos dez anos, são sobre essas coisas. As substâncias radioativas que têm meia-vida curta. As substâncias aditivas que já foram proibidas, mas ainda são usadas, e as que ainda têm que ser proibidas. As substâncias industriais tóxicas que causam câncer e leucemia, agrotóxicos e fertilizantes químicos. Os projetos de engenharia civil que destroem o ecossistema.

O mundo das fitas cassete de Yoon deve ser diferente.

Você imagina o escritório de Yoon, de quem não conhece o rosto. Imagina sua mesa espaçosa. Pensa nas fitas cassete que devem estar enfileiradas sobre aquela mesa. Pensa nos nomes e nas datas que ele deve ter escrito com garranchos em cada um dos rótulos brancos. Pensa nas mortes que devem estar cravadas em viva voz ao longo da fita marrom, lustrosa e estreita do cassete, no mundo de arma de fogo e espada comprida e porrete, suor e sangue e carne, toalha molhada e sovela e tubo de ferro.

Você coloca o gravador portátil na mesa. Inclina o torso para abrir o armário de ferro. Pega a tese de Yoon e a abre na parte onde a primeira transcrição começa.

Como eles nos mandaram abaixar a cabeça, ninguém podia saber aonde o caminhão estava indo.

Fomos descarregados na frente de um prédio num morro isolado. A punição militar começou. Voaram xingamentos, chutes e coronhadas de espingarda. Um homem gordinho, de uns quarenta anos, com uma camisa branca e calça social larga, não aguentando, gritou: "Me matem então".

Eles o cercaram. Começaram a brandir porretes como se realmente fossem matá-lo. Prendendo a respiração por um tempo, nós observamos o homem, que desfaleceu num instante e não mais se movia. Eles pegaram água com um balde de alumínio e a jogaram no rosto do homem, que sangrava, e tiraram uma foto. Ele estava com os olhos entreabertos. Pingava água misturada com sangue do queixo e da bochecha.

Durante os três dias que passamos no prédio que era como um auditório normal, coisas parecidas se repetiram. Eles sufocavam a manifestação no centro durante o dia e, à noite, voltavam bêbados para nós, não perdoavam ninguém que chamasse a atenção em meio à punição militar. Levavam até o canto o corpo de quem tivesse desmaiado ao longo do espancamento, chutando-o como uma bola, e lhe esmagavam a cabeça contra a parede, segurando-o pelos cabelos. Quando a pessoa morria, jogavam água no rosto, tiravam foto e, depois, a levavam na padiola.

Eu rezava todas as noites. Nunca tinha ido nem em templo budista, nem em igreja, mas rogava só para sair daquele inferno. A reza foi atendida, para minha surpresa. Mais ou menos metade das duzentas pessoas que estavam presas junto comigo foi liberada de repente. Depois, soube que eles soltaram pessoas escolhidas aleatoriamente para diminuir a carga do deslocamento de um grande número de prisioneiros, quando se retiraram taticamente ao verem que um exército civil havia sido formado.

Enquanto descíamos o morro, carregados em caminhão de novo, mais uma vez não podíamos levantar a cabeça. Virei a cabeça para um lado, pois estava curioso, talvez por ser jovem na época. Estava morrendo de curiosidade. Como o lugar onde eu estava de joelho era na beira do caminhão, dava para olhar para fora apenas fazendo isso.

Ah, nunca tinha imaginado, nem em sonho, que aquele lugar era a universidade J.

Havia o auditório recém-construído no morro atrás do pátio onde eu jogava futebol com os amigos nos fins de semana, e foi ali mesmo que ficamos presos nesses três dias. Não havia sinal de ninguém no campus da universidade ocupado pelos soldados. Quando o caminhão percorria a rua calma e clara como um cemitério, vi duas universitárias deitadas no gramado, como se estivessem adormecidas. Elas estavam de calça jeans e seus peitos estavam cobertos por uma faixa amarela. Vi as letras escritas com um marcador grosso: CANCELAMENTO DA LEI MARCIAL.

Não sei como foi cravado na minha memória com tanto detalhe assim os rostos daquelas universitárias, que vi tão brevemente.

A cada momento em que caio no sono, a cada momento em que acabo de acordar, vejo aqueles rostos. As peles pálidas, os lábios fechados, deitadas uma ao lado da outra, cobertas com a faixa, essa cena aparece na minha cabeça vividamente, como se estivessem na frente dos meus olhos. Assim como o rosto do homem que estava com os olhos entreabertos e de quem, do queixo e da bochecha, pingava a água suja de sangue, está cravado no interior das minhas pálpebras, que nem dá para raspar.

21h

A cena que você vê no sonho é diferente da dessa testemunha.

Encontrou mais cadáveres miseráveis do que qualquer outra pessoa na época, mas sonhou com cenas de sangue derramado apenas umas três, quatro vezes, nos últimos vinte anos. Geralmente, seu pesadelo é frio ou calmo. É algum lugar onde o sangue secou sem deixar vestígio e os ossos desapareceram, desintegrados. É um espaço surpreendentemente parecido com a paisagem que você viu há pouco com a testa encostada na janela.

A parte externa da pantalha do poste de luz é negra, a interior é cinza-claro como mercúrio. Sob aquele poste de iluminação, você está de pé sozinha. É seguro só até onde a luz ilumina. Não dá para saber o que se esconde no escuro. Mas não importa, pois não vai mover o corpo. Não vai sair do círculo da luz. Você espera em meio à tensão fria. Espera o sol nascer e o escuro fora do círculo desaparecer. Não deve cambalear de repente. Não deve mexer os pés, nem tropeçar.

Quando, em meio a isso, abre os olhos, ainda está escuro. Você ergue o corpo da cama de ferro e liga o abajur na cabeceira. Você completou quarenta e três anos esse ano e conviveu com um homem apenas uma vez, por menos de um ano. Como não está com ninguém, você caminha em direção à porta e liga a lâmpada fluorescente do quarto. Após acender todas as luzes, do banheiro, da cozinha e do vestíbulo, com a mão ligeiramente tremulante, despeja água fria no copo de vidro e toma.

21h20

Você se levanta ao ouvir alguém girar a maçaneta da porta da entrada. Colocando a tese no armário de ferro com o torso inclinado, pergunta, gritando:

"Quem é?"

Você tinha deixado a porta trancada.

"É Youngho Park."

Você vai até a entrada. Quando a porta abre, os dois perguntam ao mesmo tempo, como se cantassem em coro.

"O que você está fazendo aqui a essa hora?"

Ambos riem.

O coordenador Park olha para o escritório com suspeita, ainda com o riso no canto da boca. É um homem pequeno e gordinho, que sempre deixa a franja comprida por incomodá-lo o cabelo ralo.

"É que visito a usina nuclear na segunda-feira, né? Aí esqueci alguns documentos."

Park vai para o lugar dele, larga a bolsa e liga o computador. E continua se explicando como uma pessoa que visitou a casa de outro sem avisar.

"É que surgiu um imprevisto e vou ter que ir ao interior amanhã pessoalmente. Acho que vou ter que pegar os documentos com antecedência e ir separado da equipe."

A voz dele se torna exageradamente alegre.

"Mas fiquei surpreso com a luz acesa. Pensei que ninguém estaria aqui."

Ele para de falar de repente.

"A propósito, por que está tão quente aqui dentro?"

Caminha rapidamente até as janelas e as escancara. Liga os ventiladores pendurados na parede do escritório. Move a cabeça de um lado para outro, andando com as costas viradas para as janelas, por onde o vento quente entra.

"Nossa, está quase uma sauna aqui."

21h50

Você é a mais velha entre os funcionários dessa organização. Os colegas juniores, em geral, sentem-se pouco à vontade com você, que trabalha sem falar. Eles mantêm uma distância respeitosa, chamando-a de professora, e você responde igualmente com uma linguagem respeitosa. Quando precisam de algum documento, eles perguntam: "Estou procurando o documento de tal fórum, de tal ano, pesquisei na sala de registros, mas só tinha panfletos. Será que não tem um livro com o discurso da apresentação?". Você puxa pela memória e responde: "Aquele fórum foi preparado às pressas, por isso não tem livro. O conteúdo da apresentação foi gravado na hora, transcrito e distribuído mais tarde, sendo as transcrições guardadas somente em arquivo, porque não foram utilizadas em nenhum lugar depois". Um dia, Park lhe disse em tom jocoso: "A professora Im é um mecanismo de busca ambulante, né?".

Agora, Park está de pé na frente da impressora, no centro do escritório, esperando os documentos impressos. Examina a sua mesa com um olhar ágil. O cinzeiro com papel higiênico molhado em cima, várias bitucas de cigarro, a caneca cheia de café. O gravador portátil e as fitas cassete.

No momento em que os olhos, investigativos, cruzam com os seus, ele fala em um tom explicativo.

"A professora Im gosta muito de trabalhar, né?"

Ele se corrige. "Quero dizer... Penso assim... se eu continuar este trabalho até o meu cabelo agrisalhar, serei como a professora."

Você entende que ele está falando sobre o valor muito baixo da remuneração paga por atividade, do trabalho sobrecarregado e irregular comparado com o dos assalariados, sobre o dorso magro da sua mão, com as veias particularmente avermelhadas. Enquanto a impressora a laser cospe os impressos, emitindo um barulho mecânico, baixo e seco, ele fica com a boca fechada por um momento.

"Todo mundo tem curiosidade sobre você, professora Im."

Ele fala com um tom alegre de novo.

"É que ninguém tem chance de conversar com você... Pois a professora não participa dos jantares de confraternização e não deixa ninguém chegar muito perto."

Park grampeia os impressos e vai até mesa dele. Manda imprimir outro documento, mexendo, de pé, o mouse, e retorna à frente da impressora.

"Ouvi dizer que é próxima da professora Sunghee Kim, que participa do movimento social. Que você era responsável pela área de desastre industrial e veio para o nosso escritório."

"Não é que a gente seja próxima...", você responde com prudência. "Ela me ajudou, por muito tempo."

"Sou de outra geração, né? Mas ouvi as histórias lendárias sobre a professora Sunghee Kim. Disseram que, no último período da revitalização, quando havia medidas agudas de emergência, ela subiu correndo ao palco, quando centenas de milhares de fiéis estavam reunidos na missa de Páscoa de Yeouido. Que algumas fiandeiras de vinte poucos anos pegaram o microfone da CBS, que fazia uma transmissão ao vivo, gritando algumas vezes: 'Nós somos seres humanos, garantam os três principais direitos trabalhistas', e foram conduzidas à delegacia."

Ele pergunta, sério:

"A professora também estava envolvida nesse acontecimento, não?"

Você meneia a cabeça.

"Eu não estava em Seul nessa época."

"Ah, disseram que a professora já foi presa... Eu achava que era por causa desse evento. Os colegas também pensam isso."

O vento úmido está entrando pela janela escura. Parece-lhe um longo fôlego exalado por alguma coisa. A noite, como uma criatura enorme, abre a boca e vomita o fôlego úmido. Inspira o ar quente, que enchia o escritório, para dentro dos pulmões escuros.

Você abaixa a cabeça, sentindo um cansaço repentino. Olha por um instante o sedimento avelanado no fundo da caneca de café. Como sempre faz, quando não sabe de que forma responder, levanta a cabeça e sorri. As várias rugas finas se trançam nos cantos da sua boca.

22h30

Sunghee é diferente de mim.
Pois ela acredita em Deus e em gente.

Eu nunca fui persuadida por ela.
Não podia acreditar no ente que dizem nos observar apenas com amor.
Nem podia ler o Pai-Nosso até o final em voz alta.

Assim como nós perdoamos a quem nos tem ofendido, Deus perdoará as nossas ofensas, como assim?
Eu não perdoo nada e não sou perdoada por nada.

22h40

Você está de pé na frente da placa do ponto de ônibus fracamente iluminado.

Carrega nos ombros a mochila pesada, com caderno, livro e canetas, produtos de lavar o rosto, uma garrafa de duzentos e cinquenta mililitros de água, o gravador portátil e as fitas cassete.

É um ponto de ônibus tranquilo, pelo qual passam três linhas de ônibus. Depois de os ônibus passarem sucessivamente e levarem os passageiros, você ficou sozinha. Você fita em silêncio o pavimento escuro da calçada que não é atingido pela luz do poste.

Anda para a frente com as costas viradas para a placa. Enfia as duas mãos por baixo das cordas da mochila, que lhe apertam os ombros. Move o corpo lentamente, sentindo o vento quente da noite morna de verão. Caminha da direita para a esquerda, e novamente da esquerda para a direita. Vai até o meio-fio e volta.

Quando Park pegou os documentos e saiu do escritório, você também apanhou a mochila e o acompanhou. Caminharam até aqui, continuando aquela conversa intermitente, e depois você o observou subir no ônibus. Acenou com a cabeça de volta quando ele, com o rosto incômodo, despediu-se pela janela do ônibus.

Se ele não tivesse aparecido, eu teria conseguido?, pensa ela.

Teria tomado coragem e conseguido apertar o botão do gravador?

Teria conseguido completar algum conteúdo, adicionando e costurando o silêncio e a tosse fingida e a hesitação às palavras frouxas ou densas.

Como acreditou que conseguiria, sim, você foi ao escritório hoje, feriado do Dia da Independência. Pegara até os produtos de lavar o rosto, pensando em virar a noite, caso demorasse.

Mas teria sido realmente possível?

Agora, quando volta para o seu quarto, que é mais quente por ser pequeno, poderia colocar o gravador e a fita cassete na mesa e começar outra vez, desde o início?

22h50

Na segunda passada, logo após ouvir, com atraso, a notícia sobre Sunghee, você ligou para ela. Conseguiu completar a ligação depois de quatro tentativas, que fazia de hora em hora. A conversa, depois de dez anos, foi breve e plácida. Você ouviu com atenção, prendendo a respiração, a voz que se tornara rouca por causa da radioterapia.

"Quanto tempo", disse Sunghee com a voz baixa e rouca.

"Queria saber como você está indo."

Como você não disse que a visitaria no hospital, ela também não disse que não precisava. Foi apenas uma coincidência o pacote de Yoon ser entregue no seu escritório no dia seguinte, mas você está pensando agora sobre a razão pela qual as duas coisas insuportáveis foram entrelaçadas como um nó de ferro.

Gravar e encontrar Sunghee.

Ter que gravar antes de encontrar Sunghee.

23h00

Aguentar é o que você faz de melhor.

Você começou a trabalhar faltando um semestre para se formar no ensino secundário. Nunca parou, exceto no período de mais ou menos um ano que passou na prisão. Em qualquer época, você foi sincera e taciturna. Trabalho lhe garante solidão.

Enquanto pode se sustentar sozinha, no ritmo regular de trabalho e de algumas horas de sono, para descansar, não precisa ter medo da parte externa do círculo da luz.

Contudo, o que você fazia antes de completar vinte anos era diferente.

Você trabalhava quinze horas por dia e descansava dois dias por mês. O salário era a metade da remuneração de um operário homem. Não havia pagamento de horas extras. Caía no sono ainda que tomasse um comprimido de rebite duas vezes por dia. Quando adormecia de pé, o gerente a xingava ou estapeava. As panturrilhas e o dorso dos pés inchavam a partir do início da tarde. Os guardas apalpavam o corpo das operárias que saíam do trabalho, dizendo que havia a possibilidade de terem roubado algo. As mãos deles se demoravam quando tateavam perto do sutiã. Humilhação. Tosse. Sangue frequente no nariz. Dor de cabeça. As massas enegrecidas de fiozinhos remanescentes saíam aglomeradas no catarro que você expelia.

"Nós somos dignas", Sunghee dizia com frequência.

Ela, que assistia, nos domingos em que não trabalhava, às aulas de direito trabalhista no escritório do Sindicato da Indústria de Encapamento Choenggue, anotava detalhadamente no caderno tudo que aprendia por lá e dava palestras na reunião do pequeno grupo. Você entrou nesse grupo, sem qualquer medo, a convite de Sunghee, que havia dito que era para estudar ideogramas chineses. As meninas estudavam de fato os ideogramas chineses assim que se reuniam. "Temos que saber pelo menos mil e oitocentas letras, assim podemos entender o jornal." Quando cada uma terminava de escrever trinta letras no caderno de caligrafia e as decorava, a palestra desajeitada de direito trabalhista de Sunghee se iniciava. "Quero dizer... nós somos dignas." Cada vez que perdia as palavras ou não conseguia lembrar delas logo, Sunghee pronunciava essa frase como se fosse um refrão. "De acordo com a Constituição, nós somos dignas, assim como todos os outros. E de acordo com a lei trabalhista, nós temos direitos legítimos." A voz dela era simpática e sonora como a de uma professora de escola primária. "Tem pessoas que morreram por essa lei."

No dia em que os repressores contratados e os policiais vieram prender a chapa que havia sido eleita para o sindicato, com grande maioria de votos, contra a chapa governista, centenas de operárias que saíam dos dormitórios a caminho do segundo turno de trabalho formaram uma parede humana. Tinham, no máximo, vinte e poucos anos, mas a maioria era adolescente. Não havia nem lema decente nem canção. "Não os prendam. Não podem prendê-los." O grupo de repressores, carregando porretes, avançou sobre as meninas que gritavam. Você viu as centenas de policiais armados com capacete e escudo, os veículos da polícia militar com as janelas alambradas. Por que estão armados desse jeito?, pensou um instante. Nós não sabemos lutar nem temos armas.

Foi nesse momento que Sunghee gritou em voz alta: "Tirem a roupa. Vamos todas tirar a roupa juntas". Elas tiraram a roupa, sem se poder dizer quem foi a primeira. "Não os prendam", gritavam, agitando as blusas e as saias, pois acreditavam que eles não ousariam tocar na coisa mais íntima que elas possuíam, a coisa que todo mundo falava que era a mais valiosa, o corpo nu das meninas solteiras. Mas eles atacaram as meninas de roupa íntima, arrastando-as pelo chão de terra. As peles nuas sangraram ao serem esfoladas pela areia. Os cabelos foram bagunçados e as roupas íntimas, rasgadas. "Não, não podem prendê-los." Em meio ao berreiro agudo de estourar os tímpanos, eles bateram em dezenas de membros do sindicato com porretes e ripas e os enfiaram dentro do ônibus-camburão.

Você, que tinha dezoito anos, foi puxada no último momento, escorregou e caiu no chão de terra. O policial à paisana, apressado, pisou na sua barriga, chutou seu flanco e foi

embora. Deitada de bruços no chão, sua consciência turvava-
-se e depois clareava. Os berros agudos das meninas se distan-
ciavam e se aproximavam.

Você foi levada ao pronto-socorro e diagnosticada com ruptura intestinal, e enquanto estava internada, foi informada da
demissão. Voltou então para sua cidade natal depois de receber alta, em vez de lutar pela readmissão junto com as meninas. Após ter se recuperado, retornou a Incheon e conseguiu
um trabalho de fiandeira em uma fábrica, mas foi demitida em
menos de uma semana. Seu nome tinha sido colocado na lista
negra. No fim, desistiu da carreira de dois anos como fiandeira
e começou a trabalhar como assistente de costureiro em uma
alfaiataria na Chungjanro, em Gwangju, por indicação de um
parente. O salário era muito pior do que na época de fiandeira,
mas toda vez que tinha vontade de pedir demissão, lembrava
da voz de Sunghee... *Nós somos dignas.* Quando você ficava
assim, escrevia uma carta para ela. *Estou bem, Sunghee. Acho
que não vai ser muito fácil tornar-me costureira. Não é que as téc-
nicas sejam difíceis, mas não me ensinam. Mas vou ter paciência
para aprender.* Escrevia as palavras como "técnica" e "paciência" em ideogramas chineses, com traços caprichados, como
havia aprendido nas reuniões do pequeno grupo. Enviava para
o endereço do Centro Missionário Industrial que Sunghee
frequentava e recebia uma resposta breve apenas de vez em
quando. *Está certa. Você vai fazer bem seja o que for e onde for.*
Assim, ao passar um ano e outro, o contato foi interrompido.

Quando se tornou costureira, com a técnica aprendida com
dificuldade depois de três anos, você tinha vinte e um anos.
Naquele outono, uma fiandeira mais nova que você morreu
no meio do protesto na sede do partido de oposição. Você não
acreditou no anúncio do governo de que ela cortara o próprio
pulso com um pedaço de garrafa de vidro de soda e se jogara
do terceiro andar. Teve que examinar, como se montasse um

quebra-cabeça, as fotos publicadas nos jornais, as lacunas geradas pela censura, o lado obscuro dos editoriais inflamados.

Você não esqueceu o rosto do policial à paisana que pisara na sua barriga e chutara seu flanco. Não esqueceu o fato de que a Agência Central de Inteligência treinava diretamente os grupos de opressores contratados e os financiava, e que no ápice dessa violência estava o presidente militar. Você compreendeu o significado da Medida de Emergência 9 e os lemas que gritavam os alunos que se aglomeravam no portão da universidade. Em seguida, acertou o quebra-cabeça dos jornais e compreendeu as coisas que haviam acontecido em Busan e Masan. Telefones públicos quebrados e o posto da polícia em chamas, o povo irado que lutava atirando pedras. As frases dos espaços em branco que podem ser inferidas apenas com a imaginação.

Perguntou a si mesma, em outubro, quando o presidente morreu de repente: Agora, como o ápice dessa violência desapareceu, será que eles não vão mais poder prender à força as fiandeiras que tiram as roupas e berram? Não vão mais poder pisar na barriga de uma menina caída e estourar seu intestino? Você ficou de olho, pelos jornais, em um jovem general, que diziam ter sido da confiança do presidente Park, que entrara em Seul seguido pelo veículo militar blindado, e logo ocupou mais um cargo, o de diretor da Agência Central de Inteligência. Sentiu um arrepio. *Sinto que algo terrível vai acontecer.* "Srta. Im, gosta tanto assim de jornal?", zombava de você o costureiro de meia-idade. "Ser jovem é legal, né? Dá pra ler aquelas letrinhas miúdas sem óculos."

E você viu aquele ônibus.

Era um dia ensolarado de primavera, quando o dono da alfaiataria foi para a casa do irmão dele em Youngam, junto com o filho universitário. Você andava nas ruas, tranquilamente, por não ter o que fazer de tarde e, de repente, encontrou aquele ônibus. CANCELAMENTO DA LEI MARCIAL. GARANTIA DOS TRÊS PRINCIPAIS DIREITOS TRABALHISTAS. Viu as letras escritas com marcador azul na faixa branca pendurada na horizontal, sob as janelas do ônibus. As dezenas de fiandeiras da fábrica de fiação Jeonnam, com uniforme de trabalho, estavam no ônibus, lotado. As meninas com rosto pálido como um cogumelo fervido, por não tomarem sol, erguiam uma vara de madeira, estendiam os braços para fora das janelas e cantavam, batendo na lateral do ônibus. Eram as vozes agudas de que você se lembrava, as vozes que pareciam de alguns pássaros ou de filhotes de animal, chorando simultaneamente.

Nós estamos do lado da justiça, é bom, é bom
Morremos juntos e vivemos juntos, é bom, é bom
Queremos morrer de pé em vez de viver de joelho
Nós estamos do lado da justiça

Ao ouvir aquela música, da qual se lembra com clareza, você, como que arrebatada, seguiu atrás do ônibus, até ele desaparecer. Uma multidão de milhares de pessoas de toda parte, juntas, se dirigia para a praça. Não se via os universitários que andavam em grupo e se reuniam desde o começo da primavera. Idosos, crianças de escola primária, fiandeiros, homens e mulheres com uniforme de trabalho, rapazes usando gravata, jovens mulheres vestidas com um costume de duas peças, com saltos altos, homens de meia-idade com casaco de Saemaeul, carregando guarda-chuvas compridos como se fossem armas. Na frente de todas aquelas pessoas, os cadáveres dos dois jovens que tinham sido atingidos na nova estação avançavam para a praça, transportados em carroça.

23h50

Você sobe as escadas íngremes e sai da estação do metrô. A pele, ressecada pelo ar-condicionado do vagão, fica úmida novamente.

É uma noite tropical impressionante. Mesmo perto da meia-noite, o vento ainda não esfriou.

Ao ver a placa de indicação do hospital na saída, você para. Após olhar brevemente o horário do ônibus que circula só durante os dias de semana, põe as duas mãos por baixo das alças da mochila e sobe a ladeira, inspirando o ar morno. Tira a mão da alça de vez em quando e limpa o suor pegajoso que lhe escorre pelo pescoço.

Passa pela porta metálica de uma loja grafitada com uns garranchos em tinta spray branca. Passa por homens que tomam cerveja em lata, sentados sob um guarda-sol na frente da loja de conveniência vinte e quatro horas. Olha para o prédio do hospital universitário, que fica no topo do morro. Ouve a canção das meninas ressoar agudamente daquele ônibus tão distante dessa noite. *Queremos morrer de pé em vez de viver de joelho. Vamos rezar em silêncio pelos que se foram, vamos lutar até o final, seguindo os que se foram pois... nós somos dignas.*

ohio

Ao passar pelo portão do complexo hospitalar, uma rua escura se estende até a sala funerária, o prédio principal e o anexo do hospital, formando uma curva suave, com iluminação dos dois lados. Você passa pelo saguão da sala funerária, onde coroas de flores estão dispostas em fila. Observa os jovens com camisa branca e braçadeira amarela fumarem um cigarro de pé, um na frente do outro.

É tarde da noite, mas você não está com sono. A mochila está pesada e as costas e os ombros estão encharcados de suor, mas não importa. Você continua a caminhar, lembrando dos sonhos que são mais vívidos do que a vida real.

Vestida com uma armadura que parece feita de centenas de pedaços de escama de ferro sobrepostos, você cai do terraço de um edifício alto. Mesmo caindo de cabeça, você não morre, e sobe novamente a escada de emergência. Despenca do terraço de novo, sem hesitação. Novamente não morre e sobe a escada de emergência, para tombar mais uma vez. De que adianta a armadura quando se cai de um lugar tão alto assim?, você se pergunta, saindo de uma camada do sonho. Entretanto, em vez de acordar, penetra na próxima camada. Uma geleira enorme pressiona seu corpo. Você, sólida, fica esmagada. Pensa que quer fluir sob a geleira. Seja água do mar, petróleo ou lava, tem que se tornar um líquido e liberar-se desse peso. Não tem outra maneira. Quando sai desse sonho, finalmente, a última camada a espera. Você está de pé, ereta, observando o escuro sob o poste de iluminação cinza-claro.

À medida que se aproxima da vida real, o sonho, aos poucos, torna-se menos cruel. O sono fica mais tênue. Fica tênue como papel de escrever, farfalhando. Você por fim acorda. As memórias que a fazem lembrar que pesadelos não são nada a esperam em silêncio, em sua mente.

0h20

Qual é o problema?, perguntou para si mesma. Tudo já não passou? Você própria não afastou as pessoas que tinham um centésimo, um milésimo de possibilidade de fazê-la sofrer?

Lembra-se da voz calma de Sunghee, que perguntou: "É tão difícil assim?". E você respondeu, cerrando os dentes com firmeza: "Com que direito você conta a minha história para as pessoas?". Durante os últimos dez anos, você não perdoou o rosto calmo de Sunghee, que continuou a falar. "Se eu fosse você, não me esconderia desse jeito", disse com um tom claro. *"Digo, não teria deixado o resto da minha vida passar só me protegendo."*

Você se lembra da voz dócil do homem que foi seu marido por oito meses. "Seus olhos são pequenos, mas lindos", disse quando a conheceu. "Só vai precisar de alguns tracinhos simples para desenhar o seu rosto. Os olhos compridos, o nariz e a boca, no papel branco, simples assim, limpo e elegante." Você se lembra dos olhos dele, que eram grandes e úmidos como os de um bezerrinho. Lembra dos seus lábios contorcidos, do momento em que ele a mirava fixamente com o branco dos olhos raiado de sangue. "Não faz assim", ele dizia. "Não me olhe com esse olhar feroz."

Lembra do e-mail prolixo de Yoon, que começa com a frase "não estou tentando pressionar", que leu há pouco no escritório. "Eu acho que aquela experiência de violência não pode ser limitada dentro dos dez dias, do período curto de luta. É igual ao fato de que a explosão de Tchernóbil não acabou, mas continua ao longo de décadas. Pretendo escrever o trabalho de acompanhamento daqui a dez anos também, se me for permitido. Me ajude, por favor. Dê seu testemunho, por favor."

oh30

A iluminação está completamente apagada na recepção do prédio principal, onde fica o pavilhão de internamento. Apenas as luzes da entrada do pronto-socorro no prédio anexo estão acesas. Uma ambulância de um hospital do interior está estacionada com o pisca-alerta ligado e as portas traseiras abertas. Parece ter acabado de transportar um paciente com urgência.

Você entra no corredor do pronto-socorro pela porta escancarada. Ouve gemidos e vozes apressadas, o som mecânico de algum instrumento médico que suga algo com força, o barulho das rodas de uma maca carregando um paciente. Uma mulher de meia-idade, no balcão da recepção, pergunta a você, que estava sentada em um dos bancos enfileirados em frente ao balcão:

"Posso ajudar?"

"Vim encontrar alguém."

Não é verdade. Você não combinou de encontrar ninguém. Nem sequer sabe se a Sunghee vai querer vê-la quando chegar o horário de visitas, pela manhã.

Um homem de meia-idade vestido com uma roupa de escalada entra caminhando, amparado por um colega. A julgar pela tala grosseira no braço, parece ter se machucado em uma escalada noturna. "Tudo bem, já chegamos." O colega que carrega duas mochilas sobrepostas no ombro acalma o homem machucado. Você vê que o rosto dos dois está contorcido, com uma expressão parecida. Ao olhar novamente, parece que são irmãos, não colegas, pois a feição dos rostos é semelhante. "Aguenta um pouco. O médico vai chegar logo."

O médico vai chegar logo.

Você está sentada no fim do banco, imóvel, ouvindo a frase que ele repete como um feitiço. Pensa na menina que disse para você há muito tempo que queria ser médica.

Era uma menina que você convidara para o encontro do grupo, pois Sunghee havia sugerido que convidassem novos membros. A menina baixinha, que tinha um sorriso bonitinho, e que entrara na fábrica mentindo a idade, antes de terminar o ensino secundário como você, recusou. "Não posso participar ativamente das atividades do sindicato. É que eu não posso ser demitida. Tenho que guardar dinheiro pro meu irmão mais novo poder estudar, e eu também vou estudar um dia. Quero ser médica."

Você estava internada por causa da ruptura no intestino. Uma colega lhe fez uma visita breve no hospital, durante o protesto na igreja Myeongdong.

"Disseram que Jungmi juntou todos os nossos sapatos que estavam espalhados em todo canto e deixou no escritório do sindicato. Disseram que aquela pequena chorou de tanta dor."

Os sapatos que foram descalçados enquanto lutavam para não serem levadas à força devem ter sido espalhados por todo canto. A menina de dezesseis anos deve ter caminhado para o escritório do sindicato, no segundo andar, para a sala onde não havia sobrado nada, e carregado aqueles sapatos abraçados ao peito sem saber que era aquilo que a fazia chorar.

Naquela tarde, você observou atentamente o médico com o rosto asseado, os residentes e os estagiários, que vieram para a visita de rotina. Pensou nesse momento que aquela menina não poderia ser médica como eles. Quando terminar de fazer o seu irmão mais novo se formar, ela estará com vinte e poucos anos, e mesmo se começasse a se preparar para o exame de qualificação do ensino secundário agora... não, ela nem aguentará a fábrica até lá. Seu nariz sangrava, e ela tinha uma tosse feia com frequência. Corria por entre as máquinas de fiação com as panturrilhas finas, como nabinhos, por causa do mau desenvolvimento, e adormecia de pé encostada na coluna, como se tivesse perdido a consciência sem querer. "Como pode ser tão barulhento assim? Não dá para ouvir nada", gritou para você com os olhos arregalados, como se estivesse amedrontada, surpresa com o barulho das máquinas de fiação no primeiro dia de trabalho.

2h00

Em frente ao espelho do banheiro do hospital, que tinha um cheiro de água sanitária especialmente forte, você toma a água da garrafa. Abre a torneira da pia, lava o rosto e escova os dentes demoradamente. Como na época do longo protesto em que acompanhava Sunghee, há mais ou menos dez anos, lava o cabelo com o sabão do banheiro, secando-o depois com a toalha de mão. Pega a amostra grátis de loção da bolsinha de pano e espalha no rosto pálido.

Como a voz de Sunghee parecia mudada quando a ouviu no telefone na segunda-feira passada, você, por um instante, não conseguiu se lembrar do rosto dela. Só depois de desligar o telefone, conseguiu se lembrar dos olhos sagazes, da gengiva rosinha que aparecia quando sorria. Aquele rosto deve ter mudado também, pois se passaram dez anos. Deve ter envelhecido. Deve ter emaciado. Deve estar adormecido agora. Deve estar emitindo o som baixo e áspero da respiração, junto com um som de ronco, como um animal gemendo.

Numa noite de fim de inverno, no lugar onde Sunghee, com vinte anos de idade, se abrigou por anos — o sótão de um sobrado onde um pastor estrangeiro realizava atividades pastorais, um local onde os policiais não podiam entrar de surpresa —, quando até você dormiu lá, abarrotando o lugar, Sunghee roncou a noite inteira, abalando sua imagem de professora de ensino primário. Você não podia evitar o barulho, mesmo virada para a parede e cobrindo-se inteira com o cobertor de algodão cheirando a naftalina.

2h50

Encolhida, você adormeceu sem querer, abraçada à mochila, no canto entre a parede de cimento e o longo banco em frente ao guichê. Cada vez que o sono se adelgaçava, as palavras repetidas no e-mail de Yoon piscavam como um cursor, ofuscando os olhos. Testemunho. Significado. Memória. Para o futuro.

Você abre os olhos, seguindo o despertar do nervo delgado, como o filamento dentro de uma lâmpada. Com o rosto ainda sonolento, olha para o corredor mal iluminado e pela porta de vidro do pronto-socorro escuro. No instante em que o contorno da dor torna-se mais nítido, quando o sono é empurrado como maré baixa, o momento mais frio do que qualquer pesadelo surge novamente. O momento que confirma que tudo pelo que você passou não foi um sonho.

Yoon pediu que se lembrasse. Pediu que enfrentasse e testemunhasse.

Mas como isso é possível?

É possível testemunhar que uma régua de madeira de trinta centímetros lhe penetrou a vagina, até o colo do útero, centenas de vezes? É possível testemunhar que um cano de espingarda rompeu e esmagou o colo do seu útero? É possível testemunhar que a levaram para o hospital porque você entrou em choque por causa da hemorragia que não cessava, e mandaram lhe fazer uma transfusão? É possível testemunhar que continuou sangrando por dois anos desde então e que nunca mais poderia ter filhos porque coágulos lhe haviam bloqueado as trompas? É possível testemunhar que o contato com os outros se tornou insuportável, especialmente com os homens? É possível testemunhar o quanto era doloroso até um beijo curto, uma mão que acaricia a bochecha, o olhar que pousa sobre os braços e as panturrilhas expostas no verão? É possível testemunhar que passou a odiar o próprio corpo e, destruindo com suas próprias mãos todo calor e amor profundos, fugiu? Para um lugar mais frio, um lugar mais seguro. Apenas para sobreviver.

3h

De onde você está sentada, vê apenas uma parte do pronto-socorro, onde há luz como se ainda fosse dia. Ouve o gemido de alguém, sem distinguir se é de uma mulher jovem ou de uma criança. A voz de um casal de meia-idade, que parecem ser cuidadores, fica mais alta. Vê o perfil de uma enfermeira que faz barulho ao correr com pressa.

Você carrega a mochila nos ombros, levanta e vai até a entrada do hospital. Vê duas ambulâncias desligadas sob a luz fria. O vento não está mais morno. Só agora esfriou. Você desce um pouco pela rua de asfalto, onde não há sinal de gente, e entra no gramado onde é proibido pisar. Cruza o gramado, caminhando em direção ao prédio principal. Suas meias são curtas, e a grama úmida, bastante crescida, molha seus tornozelos. Você inspira o cheiro forte de terra de logo antes de chover. Imagina de repente o rosto daquelas meninas que ouviu dizer que estavam deitadas lado a lado, cobertas com a faixa no meio do gramado. Imagina os passos leves das meninas, que tiram a faixa com o rosto sonolento, levantam-se e caminham para fora do gramado. Está com sede. Mesmo tendo escovado os dentes há uma hora, sente um gosto amargo na boca. Parece que aquilo que está sob a grama escura que você pisa não é terra, mas pequenos fragmentos de vidro quebrado.

3h20

Desde aquela noite, não pendurei mais a toalha molhada na maçaneta da porta.

Mas até aquele inverno terminar, e mesmo depois de ter chegado a primavera, quando a toalha molhada não mais é necessária, ouvia aquele barulho vindo da porta.
Ainda hoje, às vezes, quando, com sorte, estou prestes a acordar de um sono sem pesadelos, eu ouço aquele barulho.
A cada vez, abro as pálpebras trêmulas e olho para o escuro.
Quem é?
Quem está vindo?

Quem está vindo com passos tão leves?

3h30

As portas metálicas de todas as lojas estão fechadas.
Todas as janelas estão trancadas.
Sobre aquela rua escura, a lua do dia 17 observa, como uma pupila de gelo, o pequeno caminhão em que você está.

A maioria das transmissões de rua era feita pelas universitárias. Quando elas ficaram completamente exaustas, quando disseram que não podiam fazer mais, pois estavam roucas, você ficou com o megafone por mais ou menos quarenta minutos. "Acenda a luz, por favor, pessoal." Você disse essa frase. Em direção às janelas, aos becos que não tinham nenhum sinal de gente. "Por favor, pelo menos acenda a luz, pessoal."

Você ficou sabendo, depois, que, quando o exército deixou aquele caminhão circular até a madrugada, era para não revelar a rota do movimento da força militar. Após terem sido capturadas logo antes do amanhecer, as mulheres foram conduzidas à casa de detenção da delegacia Gwuangsan, e o jovem que dirigia o caminho foi levado ao Sangmudae. Porque portava uma arma, você foi detida separada das universitárias, sendo transferida para as forças de segurança.

Nesse lugar, você era chamada de cadela vermelhinha, e não pelo nome, porque havia sido fiandeira no passado e participado das atividades do sindicato. Eles a deitavam sobre a mesa da sala de interrogatório todos os dias, para completar o roteiro que haviam criado: de que você viveu escondida em uma alfaiataria numa cidade do interior por quatro anos e que recebera ordens de espionagem. "Sua cadela vermelhinha suja. Grita, vamos ver se alguém vem." A iluminação da sala de interrogatório era de lâmpada fluorescente, que tremia ligeiramente. Sob aquela luz normal, eles não paravam até que você desmaiasse por perder muito sangue.

No segundo ano após ter saído da prisão, você reencontrou Sunghee. Informou-se sobre ela através do Centro Missionário Industrial e da Academia Cristã, e a encontrou em um restaurante de macarrão, no Guro. Ela, que parecia surpresa, balançou a cabeça ao escutar sua história.

"Nunca imaginei que você estivesse na prisão. Pensei que estava vivendo bem em paz."

O rosto de Sunghee, depois de anos de fugas e aprisionamentos, parecia o de outra pessoa, por causa das bochechas encovadas. Tinha só vinte e sete anos agora, mas parecia dez anos mais velha. Ela silenciou por um momento diante do macarrão que esfriava, emanando um vapor branco.

"Jungmi desapareceu naquela primavera, sabia?"

Dessa vez foi você que balançou a cabeça.

"Ela ajudou com as coisas do sindicato por um tempo. Mas acho que ficou preocupada com a situação, vendo que passávamos por dificuldades por causa da lista negra, e saiu da fábrica antes de ser demitida. Aí perdi o contato... Ouvi essa história recentemente também. De uma colega que disse que frequentava com ela a escola noturna da fábrica de fiação Ilshin."

Você observava, imóvel, a boca de Sunghee, como se não entendesse a língua materna.

"Você não falou que morou lá por quatro anos? Não é uma cidade tão grande, nunca a encontrou no vaivém?"

Você não conseguia responder com rapidez. Nem se lembrar do rosto dela direito. Estava cansada para se esforçar a lembrar algo. Alguns fragmentos branquinhos surgiram e desapareceram. A pele branca. Os dentes incisivos encavalados. *Quero ser médica.* O seu tênis, que disseram que a menina carregou entre os braços até o escritório do sindicato, e que uma colega, cujo nome já esqueceu, trouxe ao hospital. Isso era tudo.

4h

Fui àquela cidade de novo para morrer.

Depois de ser liberada, fiquei na casa do irmão mais velho por um tempo, mas não conseguia suportar que os policiais me visitassem duas vezes por semana.

Era uma madrugada do começo de fevereiro. Vesti a roupa mais limpa que tinha, fiz uma mala simples e peguei o ônibus interurbano.

De relance, a cidade parecia não ter mudado. Mas logo pude sentir que tudo mudara. Na parede externa do prédio anexo do Docheong, havia buracos de bala. O rosto dos passantes, que vestiam várias camadas de roupa escura, estava contorcido, como se talhado por uma cicatriz transparente. Caminhei, esbarrando em seus ombros. Não estava com fome. Nem com sede, nem com frio nos pés. Senti que podia continuar caminhando até escurecer, até amanhecer o dia seguinte.

Foi na rua Geumnam que te vi.

Foi quando olhei as fotos que uns estudantes tinham acabado de afixar na parede externa do Centro Católico.

Podiam aparecer policiais a qualquer momento. Talvez me observassem de algum lugar ali perto também. Tirei prontamente uma das fotos da parede. Enrolei-a e caminhei, segurando-a. Atravessei a avenida e entrei no fundo de um beco. Vi a placa da sala de ouvir música que nunca tinha visto antes. Sem fôlego, subi os cinco andares de escada, peguei o assento no quartinho do fundo, que parecia uma caverna, e pedi café. Esperei, imóvel, até que trouxessem o café. A música devia estar muito alta, mas eu não ouvia nada, como se estivesse imersa em águas profundas. Quando finalmente fui deixada sozinha, desenrolei a foto.

Você estava deitado no pátio interior do Docheong. Os braços e as pernas estavam retorcidos devido ao impacto das balas. O rosto e o peito estavam apontados para o céu, os joelhos, voltados para a terra, abertos. Aquela postura com o flanco torcido provava o sofrimento do seu último instante.

Não conseguia respirar.

Não conseguia emitir nenhum som.

E você estava morto naquele verão. Enquanto meu corpo vomitava sangue sem parar, seu corpo se decompunha ferozmente dentro da terra.

Nesse momento você me salvou. Fez meu sangue ferver em um instante e reviver. Pela força do sofrimento, que parecia que ia estourar meu coração, pela força da ira.

4h20

Há luz na portaria da entrada do estacionamento, ao lado do prédio principal do complexo hospitalar. Você vê o rosto envelhecido do porteiro, que dorme com a boca aberta e a nuca tocando o encosto da cadeira giratória marrom. Uma lâmpada incandescente fraca está pendurada na calha da portaria. Insetos mortos estão espalhados pelo chão de cimento iluminado. Logo amanhecerá. Vai clarear aos poucos, e a luz do sol ardente de agosto incandescerá. Todas as coisas que possuíam vida e a perderam apodrecerão rapidamente. O fedor se alastrará por cada beco onde despejaram o lixo.

Você se lembra da conversa que Dongho e Eunsuk travaram em voz baixa há muito tempo. Dongho perguntou por que enrolavam os cadáveres com a bandeira do país e cantavam o hino nacional. Não se lembra da resposta de Eunsuk.

Se fosse agora, como você responderia? *Com a* Taegukgi, *com ela, eles tentavam embrulhá-los, acalentá-los ao máximo. Pois não podemos ser apenas uma massa de carne massacrada. E por isso também rezavam em silêncio e cantavam o* Aegukga *desesperadamente.*

Passaram-se vinte anos desde aquele verão. "Seus canalhas vermelhinhos têm que ser eliminados pela raiz." Chegou até aqui com as costas viradas para os momentos em que eles, xingando, jogavam água no seu corpo. O caminho para voltar para antes daquele verão foi cortado. Não há nenhuma maneira de voltar ao mundo de antes do massacre, da tortura.

4h30

Não sei de quem são esses passos.

Nem sei se é sempre a mesma pessoa ou se a cada vez uma pessoa diferente.

Talvez não seja uma só pessoa todas as vezes. Talvez venham muitas, que se tornaram um só corpo muito leve, fundindo-se umas nas outras e espalhando-se vagamente.

4h40

Apenas de vez em quando, você pensa.

Quando o perfil do rosto de Dongho surge, vago, de repente, enquanto você olha para a luz do sol da tarde de um feriado especialmente tranquilo, em pleno entardecer, não será um espírito o que flutua diante dos seus olhos? Quando o contorno daquele rosto torna-se subitamente claro na madrugada, quando você acorda com as bochechas molhadas por causa do sonho que não consegue lembrar, não seria um espírito ali, hesitante? Se existisse o espaço dos espíritos, o lugar seria escuro ou obscuramente claro? Dongho, Jinsoo, os corpos das pessoas que você arrumou com as próprias mãos no Sangmuguan, estarão reunidos ali ou estarão espalhados?

Você sabe em seu íntimo que não é corajosa nem forte.

Sua escolha sempre foi evitar a pior situação. Quando o pé do policial pisou na sua barriga, você partiu do sindicato. Envolveu-se por algum tempo no movimento trabalhista seguindo Sunghee, mas, ao contrário de Sunghee, ficava responsável apenas pelos trabalhos moderados. Você se transferiu para uma organização que tinha uma visão diferente, apesar da oposição dela, e nunca mais a procurou, mesmo sabendo que isso a magoaria profundamente. Irá ao correio na segunda-feira pela manhã e devolverá a Yoon, por fim, o gravador portátil e as fitas cassete que estão dentro da mochila que machuca seus ombros.

Contudo, você ao mesmo tempo sabe que, se um momento como aquela primavera surgisse novamente, você acabaria por fazer uma escolha parecida. Como no jogo de queimada no ensino primário, quando, no fim, chegava a hora em que deveria confrontar e abraçar a bola, agora sozinha, após ter desviado dela com agilidade. Como caminhou para a praça, atraída pela canção aguda que as meninas faziam jorrar do ônibus, para a praça que o exército armado guardava. Como a noite em que levantou a mão com calma, dizendo que ficaria até o final. "Você não tem que ser uma vítima", disse Sunghee. "Não podemos deixar que nos chamem de vítimas." Era a noite de primavera, na qual a lua, com os olhos abertos, observava em silêncio as meninas no terraço. Quem foi que pôs um pedaço de pêssego na sua boca? Você não consegue lembrar.

4h50

Eu não sei o que quero dizer quando encontrar você, Sunghee.

O momento em que virei as costas para você.

O momento em que tentei de uma vez estancar tudo sobre você, tudo o que era complexo e quente e esfarrapado, como se jogasse cimento no coração.

Poderei encontrar você sem tocar naquele momento, furtivamente?

Mesmo se puder, o que poderei dizer?

Você caminha com as costas voltadas para o complexo hospitalar. Atravessa o gramado, onde começou a crescer a luz vaga do amanhecer. Põe as duas mãos para trás, uma de cada lado, segurando por baixo a mochila, que lhe aperta os ombros como ferro. Como carregar uma criança nas costas. Como acalmá-la, apoiando o sling por baixo com as mãos.

Eu também sou responsável, não?

Você pergunta em direção ao escuro azulado que ondula diante dos seus olhos, com os lábios firmemente fechados.

Se eu tivesse lhe mandado para casa, se tivesse pedido, depois de comermos kimbap juntos, você não teria ficado, não é?

É por isso que você vem até mim de vez em quando?

Para perguntar por que ainda estou viva.

Você caminha, seus olhos parecem ter linhas vermelhas traçadas várias vezes com algo pontiagudo. Avança rapidamente em direção à luz do pronto-socorro.

5h

Não,

Tenho só uma coisa para dizer quando encontrar você, Sunghee.

Se você permitir.

Por favor! Se você permitir.

As luzes externas que iluminavam a rua que se bifurca na sala funerária, no pronto-socorro, no complexo hospitalar e no portão do hospital se apagam simultaneamente. Você caminha com a cabeça erguida, seguindo a linha reta branca traçada no meio da rua. Gotas de chuva gélidas caem e se espalham no topo da sua cabeça, no asfalto onde seu tênis pisa.

Não morra.

Não morra, por favor.

6.
Para o lado das flores

Segui o menino.

O menino tinha passos rápidos, e eu, velha, não conseguia alcançar. Se ele tivesse virado a cabeça um pouquinho para o lado, teria dado para ver seu rosto, mas não olhava para nada ao redor. Para a frente, só ia para a frente.

Que estudante de ensino secundário cortaria o cabelo tão curto daquele jeito hoje? Eu conheço a forma da tua cabeça, eras tu mesmo. O uniforme escolar de teu irmão era grande demais para ti, e só te serviu quando entraste no último ano do secundário. Quando tu saías pelo portão de manhã, pegando a mochila escolar, o uniforme ficava tão bonito em ti que eu queria ficar olhando as tuas costas para sempre. Mas aquele menino ia caminhando levemente, sem bolsa nenhuma, de mãos vazias, onde a teria deixado? Aqueles braços magrinhos embaixo das mangas curtas do uniforme de verão branco, eras tu mesmo. Os ombros estreitos, a cintura larga, o jeito de caminhar, o pescoço curvado para a frente que nem cervo, eras tu mesmo.

Foste tu que vieste por mim uma vez, para pelo menos deixar eu te ver passar uma vez, eu, velha, acabei te perdendo. Andei te procurando por uma hora entre as barraquinhas da feira, pelos becos, mas tu não estavas. Os joelhos doíam e o cérebro oscilava, tonta, caí e sentei no chão. Mas com medo de encontrar alguém do bairro, me levantei, apoiando-me no chão, mesmo ainda tonta.

Enquanto te seguia, nem imaginava que era tão longe a feira, e a garganta secava por causa da sede, no caminho de volta. Mas não tinha nenhuma moeda no bolso. Queria entrar em qualquer estabelecimento e pedir um copo de água fria. Mas com medo de alguém me chamar de mendiga velha, caminhei devagar, apoiando-me com as mãos em qualquer parede que aparecesse. Passei tossindo, tampando firmemente a boca, pelo lado da obra de onde voava poeira. Como não percebi, enquanto te seguia, que havia uma obra tão barulhenta, que furava o chão sem misericórdia?

No verão passado, o beco na frente da nossa casa acabou afundando por causa da chuva forte. Os pés das crianças que passavam por ali tropeçavam no buraco, e as rodas de carrinhos de bebês afundavam e não saíam. Era mesmo perigoso. No final, as pessoas da prefeitura vieram e colocaram o asfalto. Trabalharam duro no dia quente ainda do começo de setembro. Traziam asfalto fervendo da carreta, jogavam, aplanavam. À noite, quando os peões foram embora, fui ver. Tinham instalado uma corda em volta para ninguém passar, então rodeei calmamente só as bordas. Era quentinho. O quentinho subia e entrava diretamente nos tornozelos, nas panturrilhas, nos joelhos doloridos. No dia seguinte, retiraram a corda, e parecia que o asfalto já tinha secado, então caminhei em cima dele, devagar. Era mais quentinho do que quando caminhava nas bordas. Então caminhei em cima dele de tarde, à noite, na manhã do dia seguinte. Tua cunhada veio de Seul para me visitar, e, surpresa, perguntou:

"Senhora, já está quente demais sem fazer nada, por que caminha em cima do asfalto?"

"É que o corpo está tão frio. Sabe quão quentinho tá aqui? O corpo inteiro fica quentinho."

"A senhora anda um pouco estranha ultimamente."

O teu irmão mais velho, que faz anos tem insistido para morar comigo, sempre que encontra uma oportunidade, sacudiu cabeça.

"Mudou alguma coisa na senhora."

O calor permaneceu por três dias, mas, no fim, o asfalto esfriou. Não era algo com que ficar desapontada, mas fiquei. Há pouco, depois de almoçar, esperei de pé ali em cima por um tempo. Pois, mesmo tendo esfriado, em cima é um pouquinho mais quente. E quem sabe tu poderias passar levemente por lá como da outra vez, se eu esperasse ali de pé.

Não sei por que não consegui chamar teu nome nem uma vez naquele dia. Por que te segui, só respirando, ofegante, como se os lábios estivessem colados. Dessa vez, se eu chamar teu nome, virás depressa, está bem? Nem precisas responder nada, só vens com calma.

Não.

Sei que isso não pode acontecer.

Pois te enterrei com as minhas próprias mãos. Tirei o uniforme de ginástica azul-claro e o da escola, que tu usavas por cima do outro, e te vesti com a camiseta branca do uniforme de verão, colocando o traje preto, de inverno, no teu torso e nas tuas pernas. Ajeitei o cinto com asseio e te calcei as meias cinza limpas. Quando te levaram na carroça de limpeza pública em um caixão de compensado, fiquei no banco da frente para te proteger. Sem saber para onde a carroça ia, fiquei vigiando com os olhos fixos os assentos detrás, onde tu estavas.

Me lembro de centenas de pessoas vestidas com uma roupa preta andarem carregando um caixão como formigas no morro de areia clara. Me lembro vagamente também de que teus irmãos estavam de pé com os lábios firmemente fechados. Teu pai, quando era vivo, me dizia que eu, nesse dia, sem nem chorar, arrancava um punhado de planta do gramado e engolia. Dizia que, depois de engolir, sentava encolhida e vomitava, e depois de vomitar tudo, arrancava um punhado de planta de novo e mastigava. Mas, sabes, eu não me lembro de nada. Só lembro claramente os momentos antes de ir ao cemitério. Quão pálido estava o teu rosto, quando olhei pela última vez, antes de fecharem a tampa do caixão. Me dei conta pela primeira vez que tua pele era assim, bem branquinha.

Depois, teu irmão do meio disse. O teu rosto estava branco daquele jeito porque tu tinhas perdido muito sangue, atingido pela bala. Que por isso o caixão estava tão leve. Que o caixão não podia estar assim tão leve, mesmo tu ainda não tendo crescido. Quando ele falou, seus olhos ficaram injetados de sangue. Vou me vingar do inimigo. Como é que é?, falei, surpresa. Como que vai se vingar do inimigo do teu irmão se foi o país que matou ele? Vou morrer se acontecer algo contigo também.

E meu coração fica estranho quando vejo ele de pé, em silêncio, com a boca fechada, desde o dia da tua morte e da do teu pai, passados trinta anos. Tu morreste, e não foi culpa dele, mas, mesmo assim, por que os ombros dele ficaram curvados e o cabelo, branco, antes dos amigos? Será que ainda tá pensando em vingança? Quando penso nisso, meu coração afunda.

Mas teu irmão mais velho vive feliz, sem ressentimentos. Vem aqui duas vezes por mês com a esposa, e em algumas ocasiões vem sozinho, bate e volta, secretamente, e me leva para comer fora, me dá dinheiro do bolso. Ele é mais carinhoso do que teu irmão do meio, que mora aqui perto.

Teu pai, teu irmão mais velho e tu, todos têm a cintura larga e os ombros curvadinhos da família. Tu eras igual ao teu irmão mais velho, com os olhos esticados e os dentes incisivos ligeiramente abertos. Ainda hoje, quando o teu irmão ri, e os dentes incisivos largos como os de um coelhinho surgem, ele parece inocente como um menininho, mesmo com as rugas profundas ao redor dos olhos.

Tu nasceste quando teu irmão mais velho tinha onze anos. Ele já era um menino que parecia uma menininha nessa época, voltava correndo da escola querendo ver o bebê. Falando que tu ficavas lindo quando rias, balançava-se te abraçando, com a mão embaixo da tua cabeça, até tu gargalhares. Quando tu fizeste um ano, ele te colocava nas costas com um sling e cantava desafinado uma música, dando umas voltas no pátio, com passos saltitantes.

Quem saberia que aquele menino igual a uma menininha ia brigar com teu irmão do meio? Que não iam ter nenhuma conversa mais demorada, e ficariam incomodados na presença um do outro, até hoje, depois de vinte anos?

Foi quando a gente preparava o ritual do terceiro dia da morte do teu pai, depois de ter voltado do enterro. Ouvi um barulho de alguma coisa quebrando e corri em direção ao ruído, e os meninos, já grandes, de vinte e sete e trinta e dois anos, arfando, estavam um agarrando o pescoço do outro.

"O que você estava fazendo quando ele ficava lá por dias e dias, sem trazer o pequeno pra casa, pegando-o à força pela mão! Por que a mãe foi lá sozinha no último dia! Como assim, ele não ia te ouvir mesmo que tivesse falado, você falou que sabia que ele ia morrer se ficasse lá, falou que sabia de tudo, como que você pôde!"

E daí, teu irmão do meio, gritando algo que não era nem uma palavra, nem nada "Euoooooooo", atacou o teu irmão mais velho e o derrubou no chão. Falava berrando como um animal, só podia entender algumas coisas cortadas.

"Você não sabe de nada... Você estava em Seul... Você não sabe de nada... O que você sabe daquela situação!"

Nem pensei em impedir os dois de rolarem daquele jeito no chão, e voltei pra cozinha. Não queria pensar em nada, então fingi que não ouvia nada e fritei *jean*,* fiz *sanjeok*** e *tang*.***

Agora, não sei de mais nada.

No último dia, quando fui lá pra te buscar, como teria sido se tu não tivesses falado daquele jeito tão inocente, "vou voltar à noite". Retornei para casa aliviada e falei pro teu pai:

"Ele disse que vai voltar para casa às seis, depois de trancar a porta lá. Prometeu que vai jantar em casa com a gente."

Mas era quase sete, e tu ainda não tinhas voltado, e o teu irmão do meio e eu saímos de casa. O toque de recolher começava a partir das sete por causa da lei marcial, mas, como disseram que o exército entraria na cidade naquela noite, não se via nem a sombra de um fantasma na rua. Andamos quarenta minutos inteiros até o Sangmuguan, mas estava escuro e não tinha ninguém. Fomos para a frente do Docheong, e o exército civil, carregando as armas de fogo, estava lá, de pé, em guarda. Insisti que precisava ver o meu caçula, e aqueles jovenzinhos do exército civil recusaram firmemente, disseram, com os rostos azulados e endurecidos, que não podiam deixar ninguém entrar. Só falaram que o exército da lei marcial estava prestes a entrar com veículos militares blindados, e que era pra eu voltar para casa logo porque era perigoso.

"Por favor, me deixe entrar", pedi.

"Então chama o meu caçula, por favor. Por favor, fala para ele vir um pouquinho aqui pelo menos."

O teu irmão do meio não conseguiu se segurar e disse que ele mesmo entraria e procuraria o irmão mais novo, e um dos jovens do exército civil disse assim:

---

* Empanado pequeno feito de peixe, carne ou legumes. ** Espetinho de carne e legume.   *** Sopa, usada também para os rituais ancestrais.

"Se você entrar agora, não vai poder sair. Lá dentro, só ficou quem está decidido a morrer."

Quando teu irmão do meio elevou a voz e disse que tinha entendido e que apenas deixassem ele entrar, eu o interrompi.

"Aquele menino vai sair com os próprios pés quando tiver uma chance... Prometeu pra mim, de verdade."

Falei isso porque estava escuro em todos os lados. Falei isso porque os soldados surgiriam do escuro a qualquer momento. Falei isso porque estava com medo de perder outro filho.

Assim, te perdi para sempre.

Com a minha mão, puxei o braço do teu irmão; com meu pé, virei e voltei para casa. Voltamos nós dois, andamos quarenta minutos chorando nas ruas escuras, onde parecia que todo mundo tinha morrido.

Agora não sei de mais nada. Os jovens do exército civil que estavam com os rostos azulados e endurecidos pelo medo, será que aqueles meninos novinhos também morreram? Se iam morrer assim em vão, por que então não me deixaram entrar?

Quando teus irmãos vêm e vão embora, meu coração fica mais vazio, então passo o dia tomando sol no piso soalhado. Quando tinha a pedreira pro lado sul, atrás do muro, era um pouco barulhento, mas o sol entrava bem, agora apareceu o prédio de três andares, e o sol entra até o fundo só quando dá onze horas.

Antes de comprar esta casa, vivemos por bastante tempo no beco do lado de trás da pedreira. Era uma casa com telhas de ardósia do tamanho de um palmo, por onde nem o vento passava direito, e vocês gostavam dos domingos, quando os peões da pedreira não vinham. Correndo por entre as pedras grandes, brincavam de esconde-esconde e pega-pega. "O hibisco-da-síria floresceu...", gritavam no fim da pedreira, e se ouvia até no quintal. Os meninos, que eram tão barulhentos, depois que o cabelo engrossou, tornaram-se quietos, como se nunca tivessem sido crianças.

Foi só quando teu irmão mais velho foi morar em Seul que a situação melhorou e a gente mudou pra esta casa. O quintal, que ficava apertado só de colocar uma mesa-banco larga, me fazia sufocar, imagina como fiquei feliz depois de alugar esta casa, que tem até canteiro com roseira. Separei o quarto do irmão do meio do teu pra ele estudar, e aluguei o puxadinho, querendo ganhar um pouco de dinheiro com o aluguel, para dar uma melhoradinha na vida. Quem podia saber que aquilo ia acontecer depois? Entraram um casal de irmãos, pequenos como um grão de soja; fiquei feliz que tu, que tinhas uma grande diferença de idade dos irmãos mais velhos, ganhaste um amigo. Era muito reconfortante ver os dois irem para a escola juntos, lado a lado, vestidos com o uniforme escolar. Nos feriados, quando jogavam badminton no quintal, era bom ouvir as gargalhadas ao jogarem pedra, papel e tesoura para decidir quem ia pegar a peteca de volta, quando ela voava atrás do muro e caía na pedreira.

Pra onde será que foi aquele casal de irmãos?

Quando o pai deles chegou aqui e ficou perambulando pelas ruas como se tivesse perdido a razão, não consegui dizer nenhuma palavra de consolo, porque eu ainda não acreditava na minha situação tão absurda. Essa pessoa parou de vez de trabalhar e frequentava as repartições públicas como um louco; viveu um ano no puxadinho. Quando ouvia que alguma cova tinha sido achada, quando ouvia que algum cadáver tinha emergido em uma represa, corria atrás, não importava se fosse de madrugada ou de noite.

"Devem estar vivos em algum lugar. Os dois estão vivos e juntos."

Ainda me lembro claramente dele murmurando como um louco ao entrar na cozinha, depois de ter bebido até cair. Ele tinha o rosto pequeno e o nariz bem-feito. Antes daquilo, um toque brincalhão cintilava em seus olhos, igual ao filho.

Acho que ele não viveu muito, não. Quando exumaram os corpos e os enterraram em outro local, fizeram túmulos provisórios para os desaparecidos também, e teu irmão foi procurar os nomes daquele casal de irmãos, mas não achou. Se ele estivesse vivo, por que não teria vindo lhes fazer as sepulturas provisórias?

Às vezes, sabe, para que eu fui alugar aquele puxadinho... eu penso. Só para receber o dinheirinho do aluguel... Se Jungdae não tivesse morado nessa casa, tu não terias te esforçado tanto para procurar ele... Aí, quando me lembro das gargalhadas, tu e ele jogando badminton, sacudo a cabeça, pensando: não posso pensar assim... não posso mesmo. Sim, culpar aquele casal de pobres irmãos é um grande pecado.

Alguns dias atrás, ao escurecer, me lembrei de repente do rosto daquela menina do puxadinho. Era tão linda... Uma pessoa tão linda desapareceu, pensei nisso, enquanto olhava para o quintal escuro. Parece um tipo de sonho da vida passada, aquela menina linda que entrava em nossa casa, abraçando a cesta de roupa suja, andava pra lá e pra cá carregando o tênis, que pingava água, e escovava os dentes neste quintal.

A vida é como um cabo de aço, a comida era engolida, mesmo eu tendo te perdido. Tranquei o puxadinho, que estava silencioso desde que o pai de Jungdae tinha ido embora, e continuei vendendo as coisas na loja.

Foi quando recebi a ligação de uma mãe, que disse que era vice-presidente da Associação das Famílias Enlutadas, e fui pela primeira vez à reunião da associação — aonde nunca tinha ido, havia apenas inscrito o nome lá — porque ela falou que aquele presidente militar ia vir, aquele assassino ia vir aqui... Quando ainda teu sangue nem tinha secado.

Já passavam os dias em que só mexia o corpo, sem conseguir dormir profundamente, mas, a partir daquele dia, voltei a ter dificuldades para adormecer. Teu pai também não dormia direito, mas eu fui sozinha na reunião da associação, forçando ele a ficar em casa, pois ele é uma pessoa muito fraca, que passou a vida doente. Cumprimentei as mães, que vi pela primeira vez, fizemos faixas e piquetes até tarde da noite na casa da presidente, que trabalha com arroz, nos despedimos, combinando que cada uma faria em casa o que faltava. Quando nos despedimos, nos demos as mãos, aquelas peles frias... segurando as mãos como espantalhos que não têm nada dentro... esfregamos os ombros umas das outras, como espantalhos, olhando para o rosto umas das outras. Nós, que não temos nada no rosto, não temos nada nos olhos, nos despedimos dizendo que nos veríamos no dia seguinte.

Não fiquei com medo.

Já pensava que iria morrer; então, o que eu poderia temer nesse dia? Esperamos, todas nós, vestidas de luto, o carro daquele assassino chegar. Ele realmente apareceu de manhã cedo. O plano de que gritaríamos o lema juntas fracassou. Todo mundo gemia, desmaiava, e o cabelo se desalinhava e o vestido de luto rasgava. A faixa, tomaram de nós assim que abrimos. Fomos levadas, todo mundo, à delegacia, e ficamos sentadas ali sem alma, e os jovens da Associação dos Feridos, que tinham combinado de fazer o protesto em outro lugar, adentraram, presos. Entrando, desanimados, em fila, cruzaram os olhos com a gente, aí um jovem de repente gritou, chorando:

"Mães, por que estão aqui desse jeito? O que vocês fizeram de errado?"

Nesse momento, minha cabeça ficou tonta. Branco, o mundo inteiro parecia branco. Tirei a saia rasgada da roupa de luto, subi na mesa. Murmurei, gaguejando em voz baixa:

"Tá certo. O que eu fiz de errado?"

Pulei nas mesas dos policiais como se tivesse asas. Arranquei a foto do assassino que tava na parede. Quando pisei e a quebrei, os vidros ficaram cravados no pé. Nem reparei que as lágrimas escorriam e o sangue pingava.

Os policiais me carregaram para o hospital porque jorrava sangue do meu pé. Teu pai recebeu a notícia e foi para o pronto-socorro. Enquanto o médico e a enfermeira abriam a planta do meu pé, tiravam os pedaços de vidro e colocavam a ligadura, pedi para teu pai: "Pega uma coisa em casa. Tem uma faixa, no guarda-roupa, que fiz ontem à noite e que não trouxe".

Naquele dia, quando escureceu, subi mancando para o terraço, me apoiando no ombro do teu pai. Me encostei, de pé, no parapeito, estendi a faixa e gritei: Devolva meu filho, vivo! Vamos matar o assassino Duwhan Jeon! Gritei até esquentar o sangue do topo da cabeça. Gritei assim, até que os soldados subiram pelas escadas de emergência, até que me carregaram e me colocaram na cama do hospital.

No próximo dia, e no seguinte, e no seguinte... lutamos assim, juntas. Cada vez que nos despedíamos, nós, mães, dávamos as mãos e esfregávamos os ombros umas das outras, olhávamos nos olhos e combinávamos o próximo. Juntávamos um dinheiro, mesmo apertadas, alugávamos um ônibus e íamos aos protestos em Seul. Uma vez, os desgraçados jogaram bomba de gás lacrimogêneo dentro do nosso ônibus e uma mãe caiu, sem conseguir respirar. Quando fomos pegas, todas nós, e levadas no ônibus da polícia militar, eles deixaram uma pessoa na beira da estrada deserta, aí continuaram por um tempo, e pararam de novo, deixaram outra... nos separaram desse jeito. Eu caminhei sem parar ao longo da beira da estrada que nem sabia onde era. Até que nos encontramos e esfregamos os ombros umas das outras. Até que olhamos para os nossos lábios, que tinham ficado azuis por causa do frio.

Havia prometido que ia lutar com elas até o fim, mas não pude cumprir a promessa porque teu pai ficou doente no ano seguinte. Quando morreu no inverno, fiquei com raiva dele. Por me deixar sozinha nesse inferno.

Mas eu não conheço o mundo depois da morte. Não sei se lá também há encontros e despedidas, se tem rostos e vozes, se tem alegria e tristeza. Eu não sabia se eu tinha que ficar com pena do teu pai por ele ter morrido, ou com inveja.

A primavera chegava só porque o inverno passava. Quando chegava a primavera, eu, como sempre, enlouquecia de novo, no verão ficava doente por estar exausta, e no outono conseguia respirar um pouco. E no inverno, os músculos e as juntas ficavam congelados. Eu nem suava, por mais quente que o verão fosse, até dentro dos ossos, até o coração esfriou.

Tu nasceste, caçula, quando eu tinha trinta anos. Eu nasci com o mamilo esquerdo de uma forma estranha, e teus irmãos mamavam só no direito, de onde saía bem o leite. Meu peito esquerdo só inchava e endurecia, ao contrário do direito, que era flácido, porque os bebês não sugavam. Vivi assim com esses peitos feios, desequilibrados, por vários anos. Mas tu eras diferente. Quando colocavas tua boca no peito esquerdo, sugavas o mamilo de um jeito estranho, como um cordeiro. E meus dois peitos ficaram flácidos, equilibrados.

Quando bebê, tu particularmente sorrias muito. Fazias cocô vermelho cheiroso na fralda de pano. Engatinhavas como um filhote de animal e enfiavas qualquer coisa na boca. E quando ficavas com febre, o rosto tornava-se azulado e vomitavas em convulsão o leite azedo no meu peito. Ao parar de mamar, tu chupavas o polegar até que ele ficasse fino como papel. Vem, vem para cá, eu batia palma, tu começavas a andar, dando um passo, depois outro, em direção a mim. E chegavas no meu peito depois de sete passos, carregando um sorriso no rosto.

Quando tinhas oito anos, tu disseste: "Eu não gosto de verão, mas gosto da noite de verão". Adorei aquela fala, que não era nada especial, e pensei por dentro que tu serias poeta. Tempos em que comias melancia com teu pai e teus irmãos na noite de verão, sentados à mesa-banco do quintal. Em que lambias o suco doce e grudento da melancia que ficava ao redor da boca.

Cortei a foto da tua carteirinha de estudante e guardei na minha carteira. A casa está sempre vazia, dia e noite, mas mesmo assim, na madrugada, quando ninguém vem, abro o papel dobrado várias vezes com o qual embrulhei tua foto e olho pro teu rosto. Chamo em voz baixa, mesmo não tendo ninguém para ouvir... Dongho.

Nos dias em que o céu fica particularmente claro por causa da chuva de outono, coloco a carteira no bolso da jaqueta e desço mancando para a beira do riacho, apoiando as mãos nos joelhos. Caminho devagar pela trilha florida de cosmos coloridos, a trilha onde as moscas-varejeiras se aglomeram sobre minhocas que morreram enroscadas.

Quando tu tinhas sete, oito anos, quando não podias ficar parado nenhum instante, tu não sabias o que fazer, entediado, depois de teus irmãos irem para a escola. Tu e eu, todos os dias, caminhávamos na trilha da beira do riacho até a loja onde teu pai trabalhava. Tu não gostavas quando a sombra das árvores bloqueava a luz do sol. Mesmo pequeno, tu eras forte e teimoso, pegavas meu pulso com força e me puxavas para o lado claro. Molhavas o cabelo fininho, que brilhava de suor. Respiravas ofegante, como se estivesse doente. "Mãe, vamos pra lá, praquele lado. Pro lado que tem a luz do sol." Eu me deixava ser puxada pela tua mão, fingindo não ser capaz de resistir. "Mããe, tem muitas flores lá no lado claro. Por que você vai no escuro? Vamos lá, praquele lado, pro lado das flores."

Epílogo
Lâmpada coberta de neve

Quando ouvi a história, tinha doze anos.

Não que alguém tenha me chamado e me contado do começo ao fim. No ano em que viemos para Seul, na casa do morrinho de Suyuri, trancada em algum canto, eu lia qualquer livro ao alcance da mão, ou jogava com o irmão mais velho ou o mais novo a tarde inteira, ou descascava alho ou tirava a cabecinha das anchovas, que eram coisas que a mãe só mandava eu fazer, e que, ao mesmo tempo, eu detestava muito, e enquanto isso, ouvia por acaso as palavras que os adultos trocavam.

"Era o menino que você ensinava, irmão?"

Num domingo no começo do outono, a tia mais nova perguntou para meu pai à mesa do jantar.

"Não fui o responsável por essa turma, mas me lembro dele porque era um menino que escrevia boas redações. Quando mudamos para Samkakdong depois de ter vendido a casa de Jungheungdong, assinei o contrato na imobiliária, falei que eu era professor do colégio D, e a pessoa que comprou a casa ficou muito feliz. Disse que seu caçula estava no primeiro ano do colégio e era tal menino de tal turma. Quando fui à sala dessa turma e fiz a chamada, eu o vi e percebi que seu rosto não me era desconhecido."

Não me lembro mais que tipo de palavras foram trocadas depois disso. Lembro-me somente das expressões deles, da dificuldade de completar as frases, deixando encoberta a história mais horrorosa, do silêncio que se estendia desajeitadamente.

Sentindo uma tensão estranha, ouvia atenta a conversa que voltava ao vazio tenebroso do começo, sem se perceber, por mais que se tentasse desviar dele. Eu já sabia que a família de um aluno do meu pai tinha comprado aquela casa de Jungheungdong. Mas por que a voz deles baixava aos poucos? Por que essa hesitação incompreensível se interpõe logo antes de dizer o nome daquele aluno?

No quintal desse *hanok** havia um canteiro com um pé de camélia baixo. Quando começava a esquentar, os ramos de flores vermelhas, que pareciam quase pretas, subiam o muro, carregados pela trepadeira. Quando as flores começavam a murchar, as grandes malvas-brancas cresciam à altura de um adulto ao longo da parede do puxadinho. Ao sair, abrindo-se o portão de ferro verde-claro, via-se o comprido muro da fábrica de pilhas chamada Hojeon. Me lembro, na manhã em que fizemos a mudança para a periferia da cidade, depois de ter vendido aquela casa, dos movimentos dos braços do pai e do tio mais novo, que, com jeito, prenderam o guarda-roupa feito de paulównia com corda, depois de ter embrulhado as beiradas com um cobertor. Samkakdong, para onde nos mudamos, era um campo bastante isolado. Passados cerca de dois anos na casa onde havia um albricoqueiro no fundo, minha família se mudou para Seul. É que o pai, que tinha cuidado dos irmãos mais novos com o salário de professor de ensino secundário em lugar do avô, que tinha falecido cedo, decidiu se dedicar apenas a escrever depois que a tia mais nova entrara na faculdade.

Em janeiro de 1980, Seul era uma cidade inacreditavelmente fria. Ficamos, de maneira provisória, por três meses, num conjunto habitacional antes de entrar na casa no morrinho de Suyuri. A diferença da temperatura dentro e fora não era tão

---

* Casa tradicional coreana.

grande, pois as paredes eram de compensado. O vapor das bocas, embranquecido, espalhava-se mesmo dentro de casa. Os dentes batiam, fazendo barulho, *tek tek*, ainda que vestisse o casaco e estivesse envolvida no cobertor de algodão.

Naquele inverno inteiro, eu pensava na casa de Jungheungdong. A casa de Samkakdong, em que os damascos amarelos caíam como bolas de pingue-pongue quando se agitava a parte de baixo do tronco, também não era ruim, mas eu não tinha muito apego a ela, talvez por ter morado ali pouco tempo. Pensava na casa antiga de Jungheungdong, onde nasci e cresci até os nove anos, que disseram que meu avô por parte de mãe tinha construído para sua filha única. No meu quarto pequeno, ao lado da cozinha, pelo qual se devia passar para ir da sala até a cozinha. No verão, eu fazia a lição de casa deitada de bruços no chão. De tarde, no inverno, abria só um pouquinho a porta de papel coreano e olhava o quintal, onde a luz do sol, que parecia limpa por alguma razão, estava empoçada.

Era uma madrugada no começo do verão quando eles vieram até a casa de Suyuri.

Eram três ou quatro horas. Como eu dormia, a mãe me acordou. "Acorda. Vou ligar a luz." Antes de eu despertar, a lâmpada fluorescente foi acesa. Levantei esfregando os olhos e me sentei. Dois homens robustos entraram no quarto. A mãe, de pijama, disse para mim, que estava assustada: "As pessoas da imobiliária vieram. Para ver a casa".

O sono me escapou completamente. Colei na mãe e observei os homens abrirem o guarda-roupa, olharem embaixo da mesa, subirem no sótão, carregando uma lanterna. Por que as pessoas da imobiliária vêm numa madrugada tão escura e sobem no sótão? Não passou muito tempo, o homem desceu do sótão e falou para a mãe: "Venha para cá, por favor". O homem levou a mãe para a cozinha e eu os segui, hesitante. "Fiquem aqui, vocês."

A mãe, com o rosto endurecido, só mexeu os lábios. Quando virei para trás, o irmão mais velho e o mais novo estavam de pé, com o rosto sonolento, tendo saído do quarto de roupa íntima. Ouviu-se do quarto principal o pai conversar em voz alta com alguém. Ouviu-se a voz da mãe por entre as cortinas de renda penduradas no lugar da porta, mas não dava para entender nenhuma palavra, pois a voz era muito baixa.

No Dia de Ação de Graças daquele ano, quando os parentes se reuniram, os adultos conversaram baixinho. Como se as crianças fossem vigilantes. Em voz baixa e calma para que nós, os três irmãos e os primos, que eram ainda mais novos, não ouvíssemos.

O tio mais novo, que na época trabalhava na indústria de Defesa, e o pai conversaram até tarde no quarto principal.

"Atacaram de surpresa na madrugada. Achei que eram assaltantes no começo. Quebraram a portinha do lado da cozinha e o portão ao mesmo tempo e entraram. Acho que tinham certeza de que o Song estava aqui. Mas eu tinha encontrado o Song no dia anterior à tarde. Fui à editora e pedi o valor adiantado dos direitos autorais, de quatrocentos mil *won*, encontrei ele no Myungdong brevemente e lhe dei o dinheiro. Interrogaram a mim e a sua cunhada em separado. Depois me pediram que fosse com eles, mas sabe, se eu fosse junto, iria para Namsan,* não? Menti que tinha acabado por me afastar dele, desde o ano passado."

"Cuidado, acho que suas conversas telefônicas são ouvidas em segredo. Ultimamente tem um barulhinho de vento no seu telefone, irmão. Esse é o ruído de quando grampeiam o telefone. Meu amigo, Youngjun, também está fugindo. No ano passado, ele foi levado pelas forças de segurança e todas as dez

---

* Uma montanha localizada no centro de Seul, onde ficava a Agência Central de Inteligência na época da ditadura militar.

unhas das mãos foram arrancadas. Se for pego dessa vez, não vai sobreviver."

Na cozinha, ao preparar a comida, as tias conversavam com a mãe como se sussurrassem.

"Disseram que cortaram o peito com uma faca."

"Meu Deus..."

"Também falaram que eles tiraram um bebê da barriga."

"Meu Deus do céu, que diabo..."

"Disseram que o dono da casa onde você morava havia alugado o puxadinho, e um menino que tinha a mesma idade do filho do dono morava lá. Disseram que, do colégio D, três foram mortos e dois desapareceram, e dois meninos só dessa casa..."

"Meu Deus..." A mãe, que reagia com essas palavras, como um refrão, inclinou a cabeça e silenciou. Depois de algum tempo, começou a falar, baixando a voz:

"Sabe aquela pessoa com quem Heeyoung se encontrou às cegas no ano retrasado? Que era um professor do colégio K, lembram? Ele era boa pessoa, mas não deu certo com a gente, né? Falaram que tinha dado errado com a esposa dele naquela situação. Disseram que estava no último mês de gravidez. E que ela esperava o marido em frente de casa..."

A segunda tia que veio de Daejeon não pronunciou as palavras "Meu Deus". Esperou em silêncio a próxima fala, piscando os olhos, que eram como os de um boi. A mãe não encontrava jeito de prosseguir com a conversa, e a tia de Gwangju começou a falar: "Também ouvi essa história. Mas esse era ele mesmo?".

"A mãe do bebê morreu atingida pelo tiro, mas o bebê ficou vivo dentro da barriga por alguns minutos."

Se a tia Heeyoung tivesse se casado com aquele professor de matemática, pensei naquele momento. Dentro da minha pequena imaginação ilógica, a tia de vinte e seis anos estava de pé abraçando sua barriga redonda. A bala se cravou na testa branca da tia. O bebê dentro da barriga da tia Heeyoung, que gosta de cantar em estilo lírico as canções de Hee-eun Yang,* o bebê, com os olhos abertos, contorceu-se, abrindo a boca como um peixe.

Foi no verão, dois anos mais tarde, que o pai trouxe aquele livro de fotografia para casa.

Disse que tinha ido àquela cidade para um funeral de alguém e que havia achado o livro na rodoviária. A tia Heeyoung, que, ao contrário da minha pequena imaginação, não tinha sido atingida na testa pela bala, nem era casada ainda, estava em casa, numa visita breve. Após os adultos verem o livro de fotografia, o silêncio fluiu no espaço. O pai colocou-o no fundo da estante no quarto principal com a lombada virada para outro lado, para as crianças não o verem.

À noite, enquanto os adultos assistiam o jornal das nove, sentados na cozinha como de costume, abri aquele livro secretamente. Me lembro do momento, depois de tê-lo virado até a última página, em que encontrei o rosto mutilado de uma menina, cortado profundamente por uma baioneta. Uma parte frágil dentro de mim, que nem sabia que existia ali, se quebrou, sem ruído.

O chão do Sangmuguan estava revolvido.

Desci até o chão de terra vermelho-escura, revelado no lugar de onde o piso de madeira fora tirado, e fiquei ali, de pé. Levantando a cabeça, vi as grandes janelas dos quatro lados do auditório. Na parede da frente ainda estava a *Taegukgi* emoldurada. As lâmpadas fluorescentes do teto tampouco haviam sido retiradas. Pisando na terra meio congelada, andei em direção à

---

* Cantora popular coreana que teve várias canções censuradas na época da ditadura militar.

parede do lado direito. Li a frase impressa em letra cursiva no papel A4 plastificado. *Tire os sapatos ao fazer exercícios.*

Quando virei para o lado da entrada, vi as escadas por onde se sobe ao segundo andar. Subi, pisando nos degraus empoeirados, havia muito tempo sem cuidados. Sentei num assento de onde podia se ver o auditório inteiro. Ao abrir a boca e soltar o fôlego, o vapor se espalhou. O frio do cimento subiu, furando a calça jeans. Os cadáveres envolvidos com pano branco de algodão, os caixões cobertos com a *Taegukgi,* as mulheres e as crianças, que gemiam ou estavam sentadas distraídas, oscilaram sobre o chão de terra vermelho-escura e desapareceram.

Comecei tarde demais, pensei.

Deveria ter vindo antes que o chão daqui tivesse sido revolvido. Deveria ter vindo antes que a cortina de proteção tivesse sido instalada ao redor do Docheong em reforma. Deveria ter vindo antes que as nogueiras que observaram tudo tivessem sido retiradas, e a figueira de cento e cinquenta anos tivesse secado.

Contudo, vim agora. Não há o que fazer.

Fechei todo o zíper do casaco. Ficarei aqui até escurecer. Até o rosto do menino aparecer. Até ouvir a voz dele. Até as suas costas refletirem, cintilantes, enquanto ele anda sobre o piso de madeira invisível.

Desfiz a mala no apartamento do irmão mais novo há dois dias. Combinei de jantarmos juntos assim que ele saísse do trabalho e fui à casa antiga de Jungheungdong antes de escurecer. Não conheço muito bem a geografia dessa cidade, pois parti daqui ainda muito nova. Primeiro, fui de táxi à escola H, que frequentei até o terceiro ano do ensino primário. Com as costas viradas para o portão, atravessei na faixa de pedestres, caminhei em direção à esquerda, buscando outra vez pela memória. Ainda existia a papelaria no lugar em que lembrava que havia uma. Andando um pouco, depois de passar pela papelaria, tinha que entrar em uma rua à direita. Confiando na intuição que estava cravada no meu corpo, escolhi a segunda esquina. O muro de Hojeon que se estendia sem fim não estava mais lá. Os *hanoks* dispostos ao longo daquele muro também desapareceram. Pela minha memória, havia uma pedreira do tamanho de uma casa na esquina onde se cruzavam aquela rua e a avenida. O *hanok* que compartilhava o muro com aquela pedreira era minha antiga casa. Tinha que encontrar a penúltima casa, porque a pedreira, que é como um terreno desocupado, não devia ter permanecido lá, no centro de uma cidade.

Depois de passar por uma casa térrea, um conjunto habitacional, uma escola de piano, uma loja de carimbos, finalmente cheguei ao fim da rua. Havia um prédio prosaico de concreto de três andares no lugar que tinha sido a pedreira. A casa antiga fora demolida e havia um prédio de contêiner pré-fabricado no lugar. Era uma loja que vendia materiais de cozinha e banheiro para reformas: lavatório, torneira, pia da cozinha, vaso sanitário.

O que eu esperava? Em frente àquela loja, que estava bastante iluminada, andei de um lado para outro por muito tempo, como uma pessoa que esperava alguém.

No dia seguinte, ontem, comecei o dia cedo. Fui ao Instituto de Pesquisa do 18 de Maio, da Universidade de Jeonnam, e à Fundação da Cultura do 18 de Maio, de Sangmujigu. Quanto às forças de segurança 505, que a Agência Central de Inteligência ocupava desde a década de 1970, e onde aconteciam as torturas, não consegui entrar, porque estava fechada.

Fui ao colégio D à tarde. A foto do menino não poderia estar no álbum de formatura, pois ele não conseguiu se formar. Eu podia inspecionar o registro escolar dele com a ajuda de uma ligação do professor de arte, um amigo do meu pai, que se aposentou naquela escola. Foi lá que, pela primeira vez, vi a foto dele, que fora feita para o registro escolar. Os olhos sem pálpebras ocidentais, em forma de meia-lua, eram meigos. Nas curvas do queixo e das bochechas ainda restavam os vestígios da infância. Era um rosto tão comum que se confundiria com qualquer outro, parecia ser um rosto cujas características seriam esquecidas logo que alguém tirasse os olhos dele.

Quando atravessei o pátio da escola, depois de sair da sala dos professores, começou a nevar. Peguei o táxi, tirando os flocos de neve que se penduravam nos cílios. Pedi para ir à Universidade de Jeonnam. Porque achei que tinha visto um rosto parecido na sala de exibição no primeiro andar do Instituto de Pesquisa do 18 de Maio.

Na sala de exibição, havia várias pequenas telas de plasma, e os diferentes vídeos eram exibidos repetidamente. Tinha que assistir outra vez todos, desde o começo, porque não lembrava com precisão qual vídeo era. Via-se um menino do ensino secundário parecido com ele, na parte do filme em que aparecia a marcha de uma carroça que carregava os cadáveres dos que haviam sido atingidos na estação nova. O menino que estava de pé, ao longe, com o rosto surpreso como se fosse explodir em lágrimas, olhava para os cadáveres. Estava com os braços firmemente cruzados, como se estivesse com frio, mesmo sendo fim de primavera. Como a cena passou rápido, eu esperava, de pé no mesmo lugar, o filme voltar ao começo. Assisti duas, três, quatro vezes. Aquele menino também tinha o rosto tão comum que podia ser confundido com qualquer um. Eu não podia ter certeza. Talvez, naquela época, todos os meninos de uniforme escolar, com cabelo curto, se parecessem. Os olhos sem pálpebras ocidentais, tão meigos. As bochechas emagrecidas pelo crescimento e o pescoço comprido.

Ler todos os materiais que pudessem ser encontrados era o princípio que adotei no começo. Desde o início de dezembro, sem ler qualquer outra coisa, sem escrever, evitando ao máximo marcar compromissos, li os materiais. Passados dois meses assim, no fim de janeiro senti que não podia continuar.

Era por causa do sonho.

Eu fugia de um grupo de soldados. Estava ofegante, a velocidade da corrida diminuiu. Um deles me empurrou pelas costas e me fez cair. No momento em que virei o corpo e olhei para cima, o soldado perfurou meu peito, exatamente na boca do estômago, com a baioneta. Eram duas da madrugada. Me levantei de repente, me sentei e coloquei a mão na boca do estômago. Não consegui respirar direito por uns cinco minutos. O queixo tremia fortemente. Nem percebi que estava chorando, mas, ao esfregar o rosto, a palma da mão ficou encharcada.

Alguns dias depois, alguém veio até mim. Disse que dezenas de pessoas que foram levadas no 18 de maio estão presas numa sala secreta do subsolo há trinta anos, de 1980 até hoje. Disse que, agora, em segredo, executarão todos amanhã, às três da tarde. No sonho eram oito da noite. Até as três da tarde de amanhã sobravam apenas dezenove horas. Como interrompo isso? A pessoa que me disse isso foi para outro lugar, desaparecendo, e eu estava de pé, segurando o celular, no meio da rua, sem saber o que fazer. Para quem tenho que ligar e avisar? Quem tenho que avisar para interromper isso? Por que razão disseram isso a mim, que não tenho nenhum poder? Tinha que pegar um táxi, rápido. Mas peço para ir aonde? Vou para onde e como... No momento em que o interior da minha boca começou a queimar, abri os olhos. Era um sonho. Murmurei repetidas vezes no escuro, abrindo o punho que estava apertando. Era um sonho, era um sonho.

Ganhei um rádio de presente de alguém. Disse que tinha a função de voltar no tempo. Disse que era só colocar a data e o ano no painel digital. Segurando-o, digitei "18.05.1980". Pois tinha que ter estado lá para escrever sobre o acontecimento. Porque é a melhor maneira. Mas, no momento seguinte, eu estava de pé sozinha no cruzamento de Gwanghuamun.* É verdade, pois muda só o tempo. Pois aqui é Seul. Maio tem que ser primavera, mas a rua estava fria e desolada como se fosse um dia de novembro. Estava terrivelmente silenciosa.

Um dia, saí de casa, depois de um bom tempo, para ir a um casamento. As ruas de Seul em janeiro de 2013 estavam desoladas e frias como no sonho de alguns dias antes. O lustre do salão de casamento era esplêndido. As pessoas pareciam alegres, calmas e indiferentes. Não podia acreditar. Morreu tanta gente. Um amigo que escreve críticas reclamou, perguntando por que eu não lançava um novo romance. Não podia acreditar. Morreu tanta gente. Depois do fim da cerimônia, saí de lá sem conseguir dar nenhuma desculpa decente para as pessoas que me convidaram para almoçar com elas.

É um dia tão claro que parece que não nevou tanto. A luz do sol da tarde entra jorrando, inclinada, pelas janelas das paredes do Sangmuguan.

Levanto-me porque o chão está frio demais. Desço as escadas, abro a porta da entrada e saio do auditório. Olho as enormes cortinas de proteção que bloqueiam a vista, as bordas da parede externa branca que se revelam através delas. Estou esperando. Não tem ninguém para chegar, mas eu espero. Ninguém sabe que estou aqui, mas eu espero.

Lembro-me do inverno, quando eu tinha vinte anos, em que visitei o Mangwoldong** sozinha pela primeira vez. Caminhando por entre os túmulos no morro do cemitério, eu o estava procurando. Até então não sabia seu sobrenome.

---

* A praça principal, localizada no centro de Seul, perto da Casa Azul, onde acontecem protestos em geral.   ** O nome do bairro em Gwangju onde fica o Cemitério Nacional 18 de Maio.

Lembrava-me apenas do nome, que tinha ouvido, escondida, na conversa dos adultos. Dongho, quinze anos, foi um nome rapidamente memorizado, pois era parecido com o do tio mais novo. Lembro-me de andar com as costas viradas para o vento ao longo da avenida, que escurecia a cada instante, pois tinha perdido o último ônibus que ia do cemitério para o centro. Só depois de andar bastante tempo reparei que minha mão direita ainda estava sobre o lado esquerdo do peito. Como se algo perto do coração tivesse rachado. Como se tivesse se tornado alguma coisa que só poderia ser carregada a salvo desse jeito.

Havia soldados especialmente cruéis.

O que foi mais difícil de entender quando li os materiais pela primeira vez foram as matanças que aconteciam repetidamente. A violência em pleno dia, sem sentimento de culpa nem hesitação. Os comandantes que estimulavam e ordenavam que eles exercitassem essa crueldade.

Dizem que, quando sufocavam o protesto de Buma no outono de 1979, o diretor de segurança da Casa Azul, Jicheol Cha, disse ao presidente Jeonghee Park desta maneira: "No Camboja, mataram mais de dois milhões de pessoas. Não tem nenhuma razão para não fazermos isso também". Quando a manifestação se ampliou em Gwangju em maio de 1980, o exército usou lança-chamas contra os cidadãos desarmados na rua. Distribuíram aos soldados balas de chumbo, proibidas pela lei internacional por razões humanitárias. Duwhan Jeon, que era homem de confiança de Jeonghee Park* a tal ponto que o chamavam de seu filho adotivo, avaliava a possibilidade de mandar

---

* Político sul-coreano, que foi presidente da Coreia do Sul de 1961 até 1979. É considerado um dos responsáveis pelo processo de industrialização do país através de uma forte política de exportações, mas também recebeu inúmeras críticas pela forma autoritária como governou a nação, particularmente após 1971, quando enviou tropas para apoiar os Estados Unidos na Guerra do Vietnã.

aviões de guerra e bombardear a cidade, caso o Docheong não caísse. Vi o vídeo em que ele chegou no helicóptero militar, pisou na terra daquela cidade na manhã do dia 21 de maio, logo antes dos disparos contra a multidão. O rosto sereno do jovem general. Caminha com passos largos, com as costas viradas para o helicóptero, e aperta energicamente a mão do oficial que estava lá para recebê-lo.

Li uma entrevista de um sobrevivente falando assim: "A experiência é parecida com a exposição à radiação. As substâncias radioativas que penetram nos ossos e nos músculos transformam cromossomos e ficam dentro do corpo por dezenas de anos. Ataca a vida, transformando as células em câncer. Mesmo que a pessoa exposta à radiação morra, mesmo que se queime o corpo, deixando só os ossos, aquela substância não desaparece".

Na madrugada de janeiro de 2009, lembro que murmurei de repente, sem sequer perceber, assistindo ao vídeo do incêndio do mirante em Yongsan:* aquilo é Gwangju. Ora, Gwangju era outro nome para algo isolado, algo esmagado à força, algo prejudicado, algo que não deveria ter sido prejudicado. A explosão da radiação ainda não acabou. Gwangju renascia inúmeras vezes e era assassinada inúmeras vezes. Explodindo, infectando-se, e, sangrenta, era reconstruída.

E há o rosto da menina.

A menina, que eu, aos doze anos, vi na última página do livro de fotos com a bochecha e o pescoço rasgados por baioneta estava morta, mas com um olho aberto obliquamente.

---

* No dia 20 de janeiro de 2009, em Yongsan, bairro amplamente comercial, cinco pessoas morreram no incêndio de um prédio de cinco andares durante um confronto entre a polícia e os moradores que protestavam contra a demolição do edifício no centro de Seul.

Enquanto os cadáveres atrozes estavam deitados na sala de espera da rodoviária, em frente à estação central, enquanto os soldados batiam e perfuravam os passantes, os despiam e os levavam, carregando-os no caminhão, enquanto catavam e prendiam à força até os jovens que estavam em casa, enquanto os arredores da cidade eram fechados e o telefone, cortado, enquanto as balas de cartucho eram disparadas em direção à multidão desarmada que estava no protesto, enquanto caíam espalhados cerca de cem cadáveres no chão dentro de uns dez minutos, enquanto o boato de que todo mundo seria massacrado se espalhava como fogo num palheiro, enquanto os homens comuns que tinham pegado as armas ultrapassadas do centro de treinamento do quartel de reservas ficavam de guarda, em grupos pequenos, nas escolas do bairro e nas pontes do riacho, enquanto começava o governo autônomo do cidadão no Docheong no lugar do poder público, que tinha se esvaziado como maré baixa, nessa época, eu frequentava a escola, pegando ônibus na casa de Suyuri. Quando voltava para casa, pegava o jornal *Diário D* noturno caído no lado dentro do portão, lia as manchetes, andando ao longo do quintal estreito e comprido. "Quinto dia de estado de anarquia em Gwangju." Os prédios tisnados de preto na foto. O caminhão cheio de homens com faixas brancas envolvendo a cabeça. O ar da casa estava turvo e pesado. "Não, não posso ligar hoje também." A mãe ligava insistentemente para a casa da avó, que ficava no meio da feira Daein.

Assim como a tia Heeyoung estava a salvo, eu estava a salvo. Entre os parentes, ninguém se machucou, ou morreu ou foi levado à força. No outono daquele ano, apenas pensei: o quarto onde eu fazia a lição de casa, deitada de bruços no chão frio, será que aquele menino do ensino secundário também teria usado aquele mesmo quarto ao lado da cozinha? Ele realmente não tinha conseguido atravessar o verão quente que eu atravessei?

***

Atravesso a passagem subterrânea em frente ao Docheong, que está em reforma, e caminho pela rua alvoroçada com placas de neon e músicas. Chego numa escola grande de preparação para o vestibular que visitei faz dois dias. Há uma recepção no primeiro andar. As brochuras da propaganda da escola, o horário das aulas, os folhetos coloridos das palestras populares estão exibidos sobre a mesa da recepção.

"Não posso dispor mais de trinta minutos", disse ele no telefone ontem.

"Venha na minha sala de aula às cinco e meia, por favor. Entenda, por favor. Caso tenha algum aluno que volte cedo do jantar para estudar, há a possibilidade de não podermos conversar nem trinta minutos."

Andando de um lado para outro no terreno da casa antiga de Jungheungdong, eu entrara por fim na loja de materiais de reforma. A mulher, de uns cinquenta anos, vestida com um casaco acolchoado roxo-claro, fechou o jornal e levantou a cabeça.

"Pois não?"

Desde que cheguei nessa cidade, eu estava sentindo um desconforto estranho e uma tristeza porque me parecia que os desconhecidos se comportavam como se fossem meus parentes, pois somente meus parentes usavam o dialeto dessa região desde que tínhamos partido da cidade quando eu era criança.

"Tinha um *hanok* aqui antigamente... Quando foi construído este prédio?"

Da mesma maneira que eu sentia desconforto e tristeza, parecia que a mulher sentia a distância do meu sotaque de Seul. Ela perguntou de volta, com o sotaque cortês de Seul.

"Veio visitar a pessoa que morava aqui?"

Respondi que sim, porque não tinha como responder de outra maneira.

"A casa foi demolida no ano retrasado."

Ela continuou a fala serenamente. "Disseram que uma avó que morava sozinha faleceu, e o filho demoliu a casa e construiu um prédio provisório, porque não podia alugar a casa, antiga demais, aí nós entramos, mas vamos sair assim que completar dois anos de contrato, porque o local não tem movimento."

Quando perguntei se o tinha conhecido, ela respondeu:

"Conheci na hora de fazer o contrato. Disse que era professor de uma grande escola particular. Mas acho que não ganha muito bem, não, por isso construiu o prédio provisório, né?"

Saí da loja, andei por muito tempo ao longo da avenida e peguei um táxi. Vim a essa escola, que ela indicou, procurei o irmão mais velho nas fotos que estavam na brochura de propaganda. Não foi difícil. Havia apenas dois professores com sobrenome Kang, e um deles tinha uns vinte anos. Na foto, o professor de ciência de meia-idade usava óculos com lentes que pareciam ter um grau alto. A parte de frente do cabelo era grisalha, os olhos apontavam para diante, e ele vestia uma camisa branca e uma gravata marrom.

Me desculpe. Ia terminar a aula mais cedo, mas atrasou.

Sente, por favor. Aceita tomar alguma coisa?

Sabia que aquela casa tinha sido de um professor que dera aulas a Dongho.

Não sabia que tinha notícias da gente.

Na verdade, eu hesitei. Não tenho o que dizer, para que encontrar. Aí pensei: o que a mãe faria se estivesse viva?

Sim, se a mãe estivesse viva, a encontraria, sem hesitação. Não teria parado de falar de Dongho nem largaria a senhora. Viveu assim por trinta anos. Mas eu não posso fazer isso.

Permissão? Claro que permito. Mas tem que escrever bem. Tem que escrever direito. Escreva para que ninguém mais possa insultar meu irmão mais novo, por favor.

***

Passo a noite revirando o corpo sobre o colchonete que meu irmão mais novo arrumou no quarto pequeno ao lado da porta. Cada vez que adormeço momentaneamente, volto à rua, de noite, em frente àquela escola particular. Os meninos do ensino secundário, altos e esbeltos, na idade em que Dongho, de quinze anos, não pôde chegar, esbarram nos meus ombros. *Tem que escrever para que ninguém mais possa insultar meu irmão mais novo.* Caminho com a mão sobre o lado esquerdo do peito, como se apertasse o coração. Na rua escura, rostos brilham vagamente. Os rostos das pessoas assassinadas. O rosto oco do assassino que enfiou a espada no meu peito.

Eu sempre ganhava na brincadeira de luta de dedos do pé.

É que ele sentia cócegas muito facilmente.

Só de o meu dedão tocar o seu pé, ele torcia o corpo.

Franzindo o rosto inteiro, não se sabe se era porque doía, por causa do beliscão, ou por causa das cócegas, gargalhava, avermelhando as orelhas, até a testa.

Assim como havia soldados especialmente cruéis, outros eram especialmente passivos.

Havia um soldado da tropa paraquedista que carregou nas costas uma pessoa que sangrava, a deixou em frente a um hospital e fugiu com pressa. Havia soldados, quando a ordem de disparo era dada, que dispararam, levantando o cano de fuzil para cima, para não acertar as pessoas. Havia soldados que, quando cantavam juntos a canção militar, em filas diante dos cadáveres na frente do Docheong, foram captados pelas câmeras da imprensa estrangeira com a boca fechada até o final.

Havia uma atitude meio parecida nas pessoas do exército civil que ficaram no Docheong. A maioria delas apenas recebeu armas de fogo, mas não conseguiu atirar. À pergunta de por que ficaram, mesmo sabendo que iam perder, todas as testemunhas que haviam sobrevivido responderam de maneira semelhante. *Não sei. Apenas senti que deveria fazer aquilo.*

Eu me enganei ao pensar que eles eram vítimas. Eles ficaram lá porque não queriam ser vítimas. Quando penso nessa cidade, me lembro do momento em que uma pessoa, linchada quase até a morte, abre os olhos com toda a sua força. O momento em que ergue as pálpebras, que não se levantam, e encara o outro à sua frente, cuspindo sangue, do qual a boca está cheia, e pedaços de dentes. O momento em que se lembra do seu rosto e da sua voz, da dignidade que parece pertencer a uma vida passada. *Esmagando aquele momento, vem massacre, vem tortura, vem repressão. Empurra para a frente, esmaga, varre. Entretanto, agora, contanto que estejamos com os olhos abertos, contanto que encaremos até o fim, nós...*

Agora espero que você vá me levando. Espero que me leve para o lado claro, para o lado onde a luz ilumina, para o lado onde as flores desabrocham.

O menino com o pescoço comprido e a roupa fina anda pelos caminhos cobertos de neve, por entre os túmulos. Eu, caminhando, sigo o menino, enquanto ele avança. Diferentemente do centro da cidade, a neve ainda não derreteu aqui. A pilha de neve congelada molha as bainhas da calça do uniforme de ginástica azul-claro e penetra nos tornozelos do menino. Sentindo frio, ele vira a cabeça de repente. Sorri com os olhos em minha direção.

Não, eu não encontrei ninguém no cemitério. Apenas deixei uma notinha na cozinha para o irmão mais novo adormecido e saí do apartamento de madrugada. Apenas vim para esse lugar, de ônibus, carregando a mochila que ficou pesada por causa dos materiais que juntara nessa cidade. Não consegui comprar flores. Não consegui preparar nem uma bebida nem uma fruta. Apenas tinha achado na gaveta da pia da cozinha do irmão uma caixa com pequenas velas usadas para esquentar a chaleira, e peguei três delas e o isqueiro.

O irmão mais velho dele disse que sua mãe tinha começado a ficar estranha quando transferiram o caixão do cemitério antigo de Mangwoldong para o novo Cemitério Nacional.

Os familiares aflitos combinaram uma data e fizeram a transferência juntos. Quando abriram os caixões, seus estados desastrosos estavam iguais. Os restos estavam envolvidos em várias camadas de plástico, cobertos com a Taegukgi ... *Os de Dongho estavam relativamente em bom estado porque os familiares cuidaram dele no começo. Nós fomos com um tecido de algodão e limpamos os ossos, pedaço por pedaço, com nossas próprias mãos, não querendo deixar isso a cargo de ninguém. Pelo medo de a mãe ficar chocada se limpasse a parte da cabeça, eu a peguei rápido e a limpei com esmero, até os dentes. Mesmo assim acho que deve ter sido difícil aguentar aquilo. Eu deveria ter insistido para ela ficar em casa naquele momento.*

Entre os túmulos cobertos de neve, finalmente encontrei o dele. Quando o tinha visitado, fazia muito tempo, havia somente o nome e as datas de nascimento e morte, sem foto, mas agora a foto em branco e preto, ampliada a partir daquela do registro escolar, estava colada na lápide. Os túmulos do lado direito e esquerdo do dele eram de estudantes do ensino secundário. Observei os rostos juvenis, vestindo o uniforme escolar preto de inverno, das fotos que devem ter sido retiradas do álbum de formatura do ensino primário. Ontem à noite, o irmão mais velho dele repetia. Que o seu irmão mais novo teve sorte, que foi muita sorte ele ter morrido logo depois de ter sido atingido, e perguntava se eu não achava isso também. Com os olhos estranhamente ardentes, pediu minha anuência. Disse que parecia que um menino do colegial que tinha sido atingido pela bala no Docheong ao lado do seu irmão, e que tinha sido enterrado ao lado dele, não havia morrido na hora e recebeu mais um tiro, de confirmação, e que, quando viu seus restos na transferência, o centro da testa estava furado e a parte de trás do crânio estava oca. Disse que o pai daquele menino, com o cabelo branqueado, tinha chorado silenciosamente, tapando a boca.

Abri a mochila. Coloquei as velas que trouxe alinhadas na frente do túmulo do menino. Sentada no chão, sobre uma perna, as acendi. Não rezei. Não fechei os olhos e nem fiz uma oração silenciosa. As velas queimaram lentamente. Cintilando sem crepitar, afundaram aos poucos, absorvidas para dentro da chama laranja. Reparei de repente que um lado do meu tornozelo ficou frio. Eu estava até agora com o pé dentro da pilha de neve acumulada em frente ao túmulo dele. A neve penetrou devagar pela meia molhada, até a pele. Eu observava em silêncio os contornos da chama, que esvoaçava como asas transparentes.

Este livro foi publicado com o apoio do Instituto de Tradução de Literatura da Coreia (LTI Korea).

소년이 온다 © Han Kang, 2014. Mediante acordo com
Barbara J Zitwer Agency, KL Management and SalmaiaLit

Todos os direitos desta edição reservados à Todavia.

Grafia atualizada segundo o Acordo Ortográfico da Língua
Portuguesa de 1990, que entrou em vigor no Brasil em 2009.

capa e ilustração de capa
Marcelo Delamanha
composição
Jussara Fino
preparação
Manoela Sawitzki
Jane Pessoa
revisão
Eloah Pina
Ana Maria Barbosa

6ª reimpressão, 2024

Dados Internacionais de Catalogação na Publicação (CIP)

Kang, Han (1970-)
Atos humanos / Han Kang ; tradução Ji Yun
Kim. — 1. ed. — São Paulo : Todavia, 2021.

Título original: 소년이 온다
ISBN 978-65-5692-093-1

1. Literatura coreana. 2. Romance.
I. Kim, Ji Yun. II. Título.

CDD 895.7

Índice para catálogo sistemático:
1. Literatura coreana : Romance 895.7

Bruna Heller — Bibliotecária — CRB 10/234

todavia
Rua Luís Anhaia, 44
05433.020 São Paulo SP
T. 55 11. 3094 0500
www.todavialivros.com.br

fonte
Register*
papel
Pólen natural 80 g/m²
impressão
Geográfica